Das Logbuch

ist euer Hilfsmittel bei der Verbrecherjagd! Die Mitglieder der Pferdebande notieren hier alles, was ihnen im Verlauf der Ermittlungen wichtig erscheint.

Dein magisches Hufeisen

macht Verschlüsseltes sichtbar! Lege es auf die mit dem Hufeisen gekennzeichneten Stellen und drehe es so lange, bis du die darunter liegenden Buchstaben deutlich lesen kannst. So verrät es dir jeweils die Lösung auf die Fragen.

Karin Müller

Die Pferdebande

und der rätselhafte Reiter

Mit Illustrationen von Peter Klaucke

Schneider Buch
EGMONT

Karin Müller
wurde in Kitzingen am Main geboren. Sie studierte Angewandte Kulturwissenschaften an der Universität Lüneburg und arbeitete als Redakteurin für Zeitungen, Zeitschriften und Hörfunk. Die Pferdeleidenschaft der Autorin begann schon als Kind. Heute lebt Karin Müller mit ihrer Tochter Carlotta und ihren beiden Pferden, einem Trakehner und einer Araber-Lipizzaner-Stute, sowie ihrer schwedischen Labrador-Collie-Hündin meist irgendwo zwischen Hannover und Schweden.

Peter Klaucke
wurde 1943 geboren. Er hat in Köln Kunst studiert und arbeitet seither als Illustrator. Sein künstlerisches Können und seine Vielseitigkeit hat er bereits in über hundert Büchern für Kinder, Jugendliche und Erwachsene unter Beweis gestellt. Peter Klaucke wohnt mit seiner Frau und Tochter und vielen Tieren in Frechen.

Inhalt

1. Achtung, Pferdediebe!

Karolin und Philipp bogen pfeifend auf ihren Fahrrädern um die Ecke. Die alten Linden gaben den Blick auf Gut Hohenhain frei. Hier verbrachten die Geschwister praktisch jede freie Minute.

Karolin atmete tief ein. Es roch herrlich nach Pferd. Nach einem anstrengenden Schultag und einer vermutlich verhauenen Mathearbeit freute sie sich jetzt auf einen schönen Ausritt mit ihrer Freundin Chris. Chris Mertens hatte das Glück, mit ihren Eltern und den Pferden auf dem Gut zu leben. Aber da Philipp und Karolin fast jeden Tag hier verbrachten und bei den Ponys und im Stall mithalfen, gehörten sie mittlerweile ebenso dazu wie Schmidtchen, der alte Stallmeister. Oder wie der Hund Mumpitz, der mit fliegenden Ohren auf die beiden Kinder zugesprungen kam, um sie zu begrüßen. Lachend kraulten sie ihm sein zotteliges Wuschelfell.

„Hallo, Philipp! Karolin!“ Birte Mertens, Chris’ Mutter, nickte den Kindern zu, als sie ihre Fahrräder vor der Scheune abstellten.

Frau Mertens war gerade dabei, Hannibal, dem Voltigier- und Kutschpferd, die Beine abzuspritzen.

„Das ist ja praktisch, dass ihr gerade kommt. Könntest du mal kurz halten, Philipp?“ Sie drückte dem Jungen den Führstrick des Schecken in die Hand und wandte sich an Karolin. „Wenn du magst, kannst du inzwischen weiter abspritzen. Ich bin gleich wieder da.“ Damit eilte sie im Laufschritt in den Stall.

Karolin betrachtete verdutzt den Schlauch mit der Spritzdüse, den Frau Mertens ihr in die Hand gegeben hatte, und sah zu ihrem Bruder.

Philipp zuckte mit den Schultern. „Mach doch einfach“, meinte er und streichelte Hannibals weiches Maul. Der Kaltblut-Mix genoss die ersten Frühlingssonnenstrahlen auf seinem Winterfell und döste mit hängender Unterlippe und abgeknicktem Hinterbein.

Karolin schlucke und betätigte die Spritzdüse. Ihr

Pflegepony Käffchen war doch eine andere Größenordnung als der Riese Hannibal. Aber der Wallach stand mucksmäuschenstill und entlastete lediglich zur Abwechslung das andere Hinterbein.

Dann kam Birte Mertens auch schon zurückgelaufen. Über dem Arm trug sie Gamaschen, Kappzaum, Voltigiergurt und die Longierpeitsche.

„Ich bin spät dran“, keuchte sie zur Erklärung und nahm den Geschwistern das Pferd wieder ab. „Hannibal hat sich auf der Weide so dreckig gemacht, dass ich ihn nicht ungeduscht longieren wollte. Möchtet ihr mitmachen beim Volti-Training? Ein Kind hat wegen Krankheit abgesagt. Es geht in zehn Minuten los.“

Philipps Augen begannen zu leuchten. Karolin zögerte. „Ich weiß nicht. Wir wollten mit Chris …"

„Mama!", ertönte in diesem Moment wie aufs Stichwort die Stimme der Freundin. „Wir sind verabredet, Karolin, Philipp und ich." Chris' wuscheliger Lockenkopf tauchte im Stallfenster auf; sie zwängte sich durch die Luke und sprang neben Hannibal auf den nassen Boden, dass es nur so spritzte.

Karolin wischte sich missbilligend einen Tropfen von der Brille.

„Aber wir könnten doch …", begann Philipp.

„Nein", unterbrach Chris und raunte verschwörerisch, sodass nur die Freunde es hören konnten: „Ich glaub, mein Hufeisen hängt schief!"

Erstaunt zog Philipp die Augenbrauen hoch. Das war der Geheimspruch, den sie als Pferdebande verwendeten. Und zwar nur dann, wenn es Neuigkeiten in einem Fall gab, von denen niemand etwas erfahren sollte. Aber um was für einen Fall sollte es sich hier handeln?

„Ich glaub, das musst du uns erklären", nahm Karolin ihrem Bruder das Wort aus dem Mund. „Tut uns Leid, Frau Mertens. Ein anderes Mal gern."

„Sag ich ja." Chris grinste zufrieden und zog die Geschwister mit sich fort.

Kopfschüttelnd sah ihre Mutter den dreien nach. „Wir müssen nicht alles verstehen, nicht wahr, mein Dickerchen?", sagte sie lächelnd und schnallte den Kappzaum fest. Hannibal brummelte leise.

Wenig später saßen Chris, Karolin und Philipp im Geheimversteck der Pferdebande.

Oben auf dem Heuboden, über den Stallungen von Gut Hohenhain, hatten die drei sich ganz hinten aus Strohballen einen geheimen Treffpunkt gebaut. Hier berieten sie sich, wenn es darum ging, knifflige Fälle zu lösen. Und hier lag auch ihr Logbuch, in das sie alles eintrugen, was ihnen auffällig oder seltsam vorkam. Schon so manches Verbrechen hatten sie mit Hilfe des Logbuches aufgeklärt.

„Hier, habt ihr das schon gelesen?" Aufgeregt hielt Chris den Geschwistern einen Zeitungsartikel unter die Nase. Er war zerknittert und offensichtlich in Eile aus der Tageszeitung gerissen worden.

„Zwei Pferdediebstähle in einer Nacht", rief sie. „Und ganz in unserer Nähe. Den braunen Isländer kenne ich sogar. Der gehört einem Mädchen aus der

Parallelklasse. Jetzt ist er einfach weg. Arme Tina."

„Oh Gott, wie furchtbar. Wer macht denn so was?", stammelte Karolin und betrachtete die Fotos der beiden Pferde in der Zeitung. Der Schecke sah keck in die Kamera. Fasziniert stellte sie fest, dass er ein blaues und ein braunes Auge hatte.

Das andere Pferd, ein brauner Isländer, war von der Seite zu sehen und etwas verwackelt. Offensichtlich waren es Privatfotos.

„Ist nicht vor drei Wochen schon mal ein Pferd gestohlen worden?", erinnerte sich Philipp und suchte in einer kleinen Dose nach dem Papierkleber. Den Artikel über die gestohlenen Pferde wollten die Kinder auf jeden Fall im Logbuch aufheben.

„Zwei sogar", berichtigte Chris und nahm ihm den Klebestift ab. „Drüben bei Holtzmanns, auf dem Trakehnerhof. Eine tragende Stute und ein junger Wallach, der gerade eingeritten worden ist." Sie überlegte einen Moment. „Dann sind das eigentlich sogar drei Pferde. Ein Schnäppchen sozusagen."

„Schnäppchen?", wunderte sich Karolin und zog die Augenbrauen hoch. „Wie meinst du das?"

„Na – warum stiehlt man solche Pferde? Um sie teuer weiterzuverkaufen, nehme ich an", antwortete ihre Freundin.

„Richtig", stimmte Philipp zu. „Diese vier – oder viereinhalb Pferde von mir aus – sind anscheinend allesamt Rassepferde. Und alle recht jung, wie es aussieht. Damit erzielt man bestimmt gute Preise."

„Aber wer kauft denn ein geklautes Pferd?", wollte Karolin wissen. „Das ist doch strafbar, oder nicht?"

„Ja, sicher", erwiderte ihr Bruder. „Aber dazu muss man erst mal wissen, dass man es mit einem gestohlenen Pferd zu tun hat. Ich habe irgendwo im Internet gelesen, dass gestohlene Pferde oft in vier Wochen fünfmal den Besitzer wechseln. Danach kann man kaum noch zurückverfolgen, woher ein Pferd wirklich stammt.“

„Also muss man schnell mit der Suche anfangen“, fasste Chris zusammen. „Dann mal los.“ Sie begann sich durch den schmalen Spalt zu zwängen, welcher der Pferdebande als Zugang zu ihrem Geheimversteck diente.

„Was hat sie denn jetzt?“, fragte Philipp.

Seine Schwester zuckte mit den Schultern.

„Los, kommt endlich“, rief Chris von draußen. „Wir besuchen Tina. Lasst uns mal hören, was sie erzählt. Vielleicht hat die Polizei irgendetwas übersehen. Ich ruf sie an und sag, dass wir auf dem Weg sind.“

„Tja“, meinte Philipp und sah Karolin bedauernd an. „Dann müssen wir den Ausritt wohl noch ein wenig verschieben.“

Tina wohnte mit ihren Eltern in einem sandfarbenen Zweifamilienhaus am Dorfrand.

Die Pferdebande hatte Glück. Als sie ihre Fahrräder in der Garageneinfahrt abstellten, sahen sie vor dem Haus gerade zwei Polizisten in einen Streifenwagen einsteigen. Der Beifahrer kurbelte die Fensterscheibe herunter und grinste breit.

„Na, das hätte ich mir ja denken können, dass ihr früher oder später hier auftaucht. Hallo, ihr drei", begrüßte er Chris, Philipp und Karolin freundlich.

Drinnen im Haus bewegte sich eine Gardine. Man schien sie zu beobachten. Karolin versuchte sich hinter ihrem Bruder zu verstecken. Es war echt peinlich, dass einen die Kripobeamten kannten!

Chris dagegen antwortete mit vorgereckter Brust: „Tina ist eine Freundin. Wir wollten sie nur mal besuchen kommen."

„Ich glaube dir aufs Wort, Christina Mertens", schmunzelte der Polizist. „Gute Freunde kann Tina

jetzt auf jeden Fall brauchen. Aber wenn du mir erzählen willst, der Diebstahl ihres Islandpferdes hätte nichts mit eurem Besuch zu tun, dann nehme ich dir das nicht ganz ab. Eher sogar gar nicht."

Chris wurde ein wenig rot. „Ja, stimmt schon", gab sie zu.

„Haben Sie denn schon eine heiße Spur?", mischte Philipp sich ein.

Der Kripobeamte schüttelte den Kopf. „Es wird nicht leicht werden. Wir gehen verschiedenen Hinweisen nach. Aber bei Pferdediebstählen sind wir immer auf Mithilfe aus der Bevölkerung angewiesen. Also haltet gern die Augen offen. Je mehr Zeit vergeht, desto geringer wird leider die Chance, die Pferde wiederzufinden", sagte er.

„Ja, das haben wir im Internet gelesen", erwiderte Karolin. „Und die Fotos in der Zeitung?", fragte sie weiter. „Hilft so ein Artikel nicht bei der Aufklärung dieses Verbrechens?"

„Wir hoffen schon. Genau deswegen haben wir die Bilder ja veröffentlicht. Aber Glück brauchen wir auch. Jemand muss die Tiere wiedererkennen. Tinas Pony ist sogar gechipt", erklärte der Beamte. „Nur, welcher Pferdehändler hat schon ein Lesegerät dabei und scannt die Pferde, die ihm zum Kauf angeboten werden? Und ihr wisst selbst, wie viele braune Isländer es gibt."

„Aber hat er denn keine unverwechselbaren Kennzeichen?", wollte Philipp wissen. „Und was ist mit dem anderen Pferd?"

Der Polizist hielt einen Umschlag hoch. „Die Equidenpässe der beiden haben wir natürlich gleich gestern früh mit aufs Revier genommen, um sie für die Fahndung zu kopieren und an alle Polizeireviere und Pferdehändler in der Region zu verteilen. Hier haben wir jetzt noch eine Röntgenaufnahme von Tina bekommen. Aber ich erzähle euch schon wieder viel zu viel. Dabei wolltet ihr ja nur eure Freundin besuchen und sie trösten, nicht wahr? Also, rein mit euch." Er lächelte verschmitzt und winkte den dreien zum Abschied zu.

„Vielen Dank, Herr Kommissar!", rief Chris.

Als Karolin zum Haus sah, nahm sie eine hastige Bewegung hinter dem Fenster im ersten Stock wahr. Die Gardinen schwangen nach. Der Beobachter hatte seinen Posten verlassen.

Die drei öffneten das kleine Gartentor und gingen zur Haustür.

„Müssen wir bei Heinemann oder bei Berger klingeln?“, fragte Karolin und drehte sich zu Chris um, die sich gerade noch ein paar Notizen machte.

„Berger“, murmelte Chris. „Tina wohnt im Erdgeschoss.“

Karolin klingelte und prompt wurde der Türsummer gedrückt.

„Sag mal, Karolin“, wisperte Philipp und hielt seine Schwester zurück, bevor sie in den Hausflur traten. „Ich weiß, dass der Kommissar nicht von Chips zum Essen geredet hat. Aber bei unserem Fall in der

Tierklinik von Rosenberg* habe ich gelernt, dass Chips kleine Knochensplitter sind. Die werden aber wohl kaum von Pferdehändlern gescannt. Wovon habt ihr eigentlich geredet?"

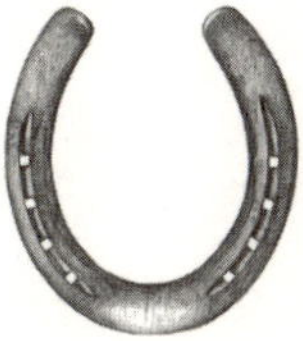

Weißt du es? Was ist in diesem Fall ein so genannter Chip, der mit einem Lesegerät gescannt werden kann?

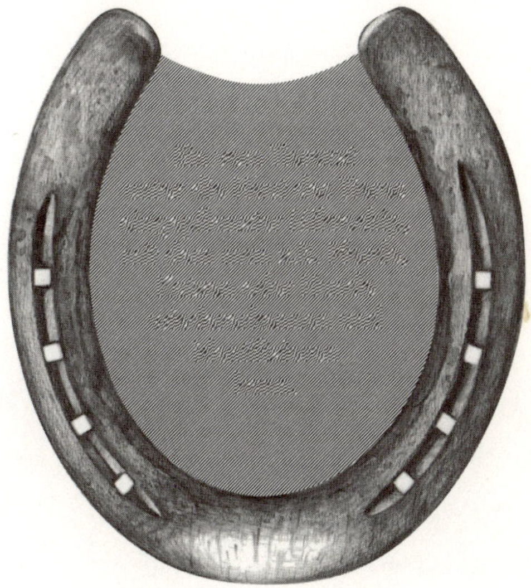

* siehe „Die Pferdebande und der Betrug auf Schloss Rosenberg"

○○●○○○○○○

2. Spurensuche

Tina stand an der Wohnungstür in dem kleinen Treppenhaus.

„Hallo, Chris", begrüßte sie ihre Klassenkameradin. „Schön, dass ihr da seid."

„Hallo, Tina. Das sind meine Freunde Philipp und Karolin. Wir wollten mit dir über dein gestohlenes Pferd sprechen. Gibt es etwas, das wir tun können? Du fühlst dich sicher schrecklich. Hat die Polizei schon was herausfinden können?"

„Ihr müsstet den Polizisten eigentlich in die Arme gelaufen sein, die sind erst vor ein paar Minuten los", antwortete Tina und seufzte. Sie zeigte der Pferdebande den Weg in ihr Zimmer. „Ich weiß nicht, ob das alles was bringt. Sie haben Röntgenaufnahmen von Björni mitgenommen, damit sie ihn eindeutig identifizieren können. Dabei ist das doch durch den Mikrochip am allerbesten möglich."

„Tja, aber wahrscheinlich hat nicht jeder Pferdehändler oder Käufer ein Lesegerät dabei", gab Philipp stolz sein neu erworbenes Wissen weiter.

Chris und Karolin schenkten ihm einen viel sagenden Blick. Philipp lächelte verlegen.

„Mein Vater hat Farbkopien von einem Foto von Björni gemacht. Die wollte ich nachher überall in der Gegend aushängen. Wollt ihr mir helfen?" Sie zeigte auf einen Stapel Papier mit dem Bild Björnis und der Aufschrift: „Gestohlen! Bitte helfen Sie mir, wieder nach Hause zu kommen." Darunter stand die Telefonnummer von Tinas Eltern.

„Klar“, versprach Chris. Die Geschwister nickten zustimmend.

„Reitställe, Tierarztpraxen und Supermärkte“, las Tina ihre Liste vor.

„Und Bushaltestellen“, ergänzte Chris.

„Wie wäre es mit den Bäumen an den großen Ausfallstraßen?“, fragte Philipp.

„Das ist auch eine gute Idee“, meinte Karolin. „Aber magst du uns nicht erst mal erzählen, wie das alles genau war? Wo ist denn Björnis Weide? Habt ihr hinterm Haus etwa einen Offenstall?“

Tina schüttelte den Kopf. „Nein, Björni steht zusammen mit vier anderen Isländern und einem Lewitzer auf dem Feldscheidhof, zwei Kilometer von hier.“

„Den Hof kenne ich“, sagte Chris.

„Der Lewitzer, das ist der Schecke, der auch gestohlen wurde, stimmt's?“, fragte Karolin.

Tina nickte. „Es ist Björnis bester Freund. Die beiden kleben so aneinander, dass ich ihn nicht mal zum Reiten allein von der Weide holen kann.“ Sie atmete tief durch. „Ich fahre jeden Morgen vor der Schule zum Füttern vorbei. Als ich gestern um halb acht da war, waren beide weg. Spurlos verschwunden. Jemand hatte das Schloss mit einem Seitenschneider durchtrennt." Ihre Unterlippe zitterte.

Karolin hielt tröstend Tinas Hand.

Chris strich ihrer Klassenkameradin beruhigend über den Rücken. Dann sah sie auf ihre Uhr. „Los, lasst uns die Poster aufhängen. Wir verteilen uns und treffen uns danach auf dem Feldscheidhof. Einverstanden? Ich möchte mir Björnis Stall und die Weide ansehen."

„Gibt es vielleicht jemanden, der dir oder Björni eins auswischen wollte?", fragte Philipp, als sich die vier Kinder eine Stunde und fünfzig aufgehängte Suchanzeigen später vor dem Offenstall des Feldscheidhofes wieder trafen.

Tina schüttelte den Kopf. „Nicht, dass ich wüsste."

„Oder jemand, der deinen Eltern schaden möchte?"

Tina überlegte. „Außer unseren komischen neuen Nachbarn, die sich schon über den Pferdegeruch aufregen, wenn ich meine Reitstiefel im Treppenhaus stehen lasse, wüsste ich niemanden."

Chris schüttelte den Kopf. „Na, die können wir wohl erst mal vernachlässigen."

„Ja, zumal die auch seit einer Woche in Urlaub sind."

„Aber …", begann Karolin. Sie erinnerte sich an die Gardinen in der Nachbarswohnung, hinter denen sie offensichtlich jemand beobachtet hatte.

„Was ist denn?", fragte Chris.

Karolin schüttelte den Kopf und fand es auf einmal albern, in jeder Kleinigkeit einen Hinweis auf ein Verbrechen zu vermuten. „Nichts. Bestimmt hat bei den Nachbarn nur jemand die Blumen gegossen."

„Häh?", fragte Philipp.

„Vergiss es einfach und lasst uns in den Stall gehen", bat Karolin. „Und dann möchte ich wenigstens eine kleine Runde reiten, bevor es dunkel wird."

„Also gut", sagte Tina. „Hier geht's zu den Paddocks."

Logbucheintrag vom 2. März, 19.17 Uhr

Hallo, liebes Logbuch!

Es gibt einen neuen Fall. Das Islandpferd von Tina Berger und ein Lewitzer-Schecke aus demselben

Offenstall sind gestohlen worden. Zusammen mit den zwei Trakehnern und einer Friesenstute, von der Tina mir erzählt hat, sind das schon fünf gestohlene Rassepferde innerhalb von drei Wochen! Und alles fand hier in der näheren Umgebung statt. Die Zeitungsartikel dazu haben wir zusammen mit der Suchanzeige von Tina auf die beiden vorhergehenden Seiten geklebt.

Auf dem Feldscheidhof waren leider keine Spuren mehr zu entdecken. Alles wirkte normal. Uns ist nichts Verdächtiges aufgefallen. Sonderbar ist nur, dass da ja noch vier Pferde stehen. Warum haben der oder die Täter nur zwei gestohlen? Und warum war ausgerechnet Björni dabei? Nichts gegen Tinas Pferd, aber ihr Björni mit seinen fast zwanzig Jahren lässt sich bestimmt nicht mehr so gut weiterverkaufen wie eine tragende junge Trakehnerstute oder ein junger Lewitzer. Sonderbar.

Wir werden erst mal weiter nachforschen.

Bis bald,

Chris

„Chris?! Wo steckst du? Ich muss mit dir reden, Himmeldonnerwetter nochmal!“, schallte Schmidtchens Stimme vom Hof bis hinauf ins Geheimversteck.

Wenn er so fluchte, hatte er einen guten Grund, und dann sollte man den alten Stallmeister nicht lange warten lassen. Das wusste Chris aus Erfahrung.

Schnell versteckte sie das Logbuch wieder zwischen den zwei Strohballen und zog die Tischdecke über die kleine, fast unsichtbare Nische im Geheimversteck. Dann lehnte sie das Hufeisen vor die Lücke. Es zeigte mit der Öffnung nach oben, als Hinweis für die beiden anderen, dass es eine neue Nachricht zu lesen gab. Stand das Hufeisen andersrum, bedeutete das: Kein neuer Eintrag im Logbuch, alles beim Alten.

Schnell kroch Chris auf allen vieren durch den Ausgang und kletterte die schmale Treppe vom Heuboden hinunter in die Stallgasse.

„Was ist denn?“, fragte sie unschuldig, als sie den alten Pferdemann vor der Sattelkammer antraf. Schmidtchen hatte die Hände in die Hüften gestützt und erwartete Chris mit gerunzelter Stirn.

„Komm mal mit“, befahl er knapp und wies mit dem Daumen zur Sattelkammer. „Fällt dir hier irgendetwas auf?“

Chris ließ ihren Blick über die säuberlich aufgereihten Trensen und Sättel schweifen. Auf kleinen Schildern stand der Name jedes einzelnen Pferdes und Ponys von Gut Hohenhain. Daneben beziehungsweise darunter hing das dazugehörige Sattelzeug. Chris sah genau hin. War irgendwo ein Sattelgurt nicht richtig über den Sattel gelegt, hing ein Zügel auf dem Boden? Nein, es schien alles in Ordnung zu sein. Der Boden war gefegt. Die Spindtüren waren verschlossen. Die Putzkästen waren aufgeräumt und standen in Reih und Glied im Regal. Der

Papierkorb war geleert und es roch nicht nach Katzenurin. Also war auch keiner der Stallkatzen hier drin ein Missgeschick passiert.

Chris hatte nicht die leiseste Ahnung, was Schmidtchen meinen könnte. Sie hob ratlos die Schultern und sah den Stallmeister erwartungsvoll an.

Schmidtchen schüttelte unzufrieden den Kopf und setzte seine Mütze wieder auf. „Gehen wir das Ganze mal der Reihe nach durch“, begann er. „Lujah hat welche Trense? Schau mich an.“ Er hielt ihre Schultern mit seinen großen Kutscherhänden umfasst.

„Eine amerikanische, zweifach gebrochene Wassertrense“, antwortete Chris brav, ohne zu der Wand mit den Zaumzeugen hinüberzuschielen.

„Und welchen Sattel?“, bohrte Schmidtchen weiter.

„Was soll die Fragerei?“, wehrte sich Chris und wollte sich aus seinem Griff winden.

„Nicht hinsehen“, beharrte Schmidtchen. „Welchen Sattel?“

„Einen Westernsattel. Das weiß ich doch alles. Und du auch!“

„Was ist mit Käffchen?“ Schmidtchen wippte auf den Zehen auf und ab.

„Sie hat so ein ähnliches Gebiss wie Lujah, aber eine Nummer kleiner. Und das Zaumzeug hat einen Stirnriemen mit Sternchen. Ihr Sattel ist englisch.“

„Hannibal?“

„Hat einmal den Kappzaum und dann noch die Kandare“, spulte Chris weiter ihr Wissen ab. „Kein Sattel, sondern ein dickes Pad, Voltigiergurt und Kutschgeschirr. Wildfang hat ein Sidepull und ebenfalls eine zweifach gebrochene Wassertrense und ich benutze im Moment ausschließlich den leichten Distanzsattel. Die Ponys haben …“

Schmidtchen winkte ab und ließ sie los. „Das reicht schon. Jetzt dreh dich mal um und sag mir, was du siehst. Ich denke du weißt, wie wichtig es ist, hier Ordnung zu halten! Also, erklär mir diesen Quatsch! Stell dir mal vor, ein neuer Reitschüler kommt hier herein und sucht das Sattelzeug nur anhand der Beschriftung.“

Chris blickte verwundert auf die Ledersachen, die immer noch so ordentlich wie eben an den Trensen- und Sattelhaltern hingen. Doch keine drei Sekunden später stutzte sie. „Was ist das denn? Also, das waren wir aber nicht, Schmidtchen. Ehrlich. Wir wissen doch wohl, wem was gehört. Wer macht denn so einen Blödsinn?"

„Genau das frage ich mich auch. Und vor allem frage ich dich das!", schimpfte Schmidtchen. „Ich hatte schon befürchtet, du hättest etwas vergessen. Aber gerade habe ich ja gehört, dass du theoretisch immer noch alles weißt. Aber gilt das auch für deine Freunde? Und wenn nicht – Christina Mertens, es liegt in deiner Verantwortung! Du musst ein Auge darauf haben. Da kann sonst was passieren. Du möchtest auch keine Schuhe tragen, die dir weder gehören noch richtig passen. Auch Pferde können von einem falschen Sattel schmerzende Druckstellen bekommen."

„Aber das weiß ich doch alles, Schmidtchen", versuchte Chris den alten Mann zu bremsen, der sich gerade richtig in Fahrt redete. „Wann hast du das denn bemerkt? Wir sind heute gar nicht geritten, weil wir es zeitlich nicht mehr geschafft haben." Sie merkte, dass der alte Stallmeister auf eine Erklärung wartete, aber sie mochte ihm noch nichts von dem neuen Fall verraten. „Wir waren bei meiner Freundin Tina und haben uns ... äh ...verquatscht."

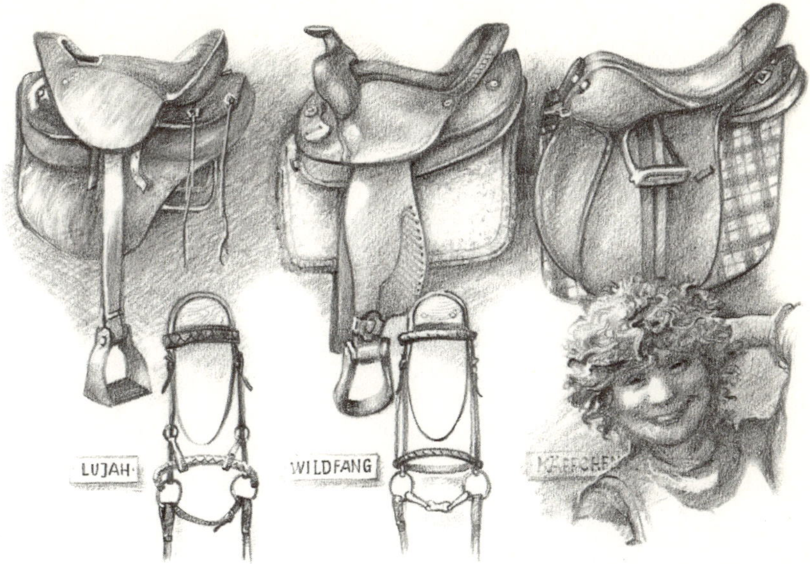

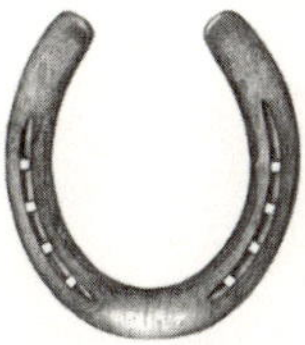

Betrachte das Bild genau. Welche Dinge hängen nicht da, wo sie hingehören?

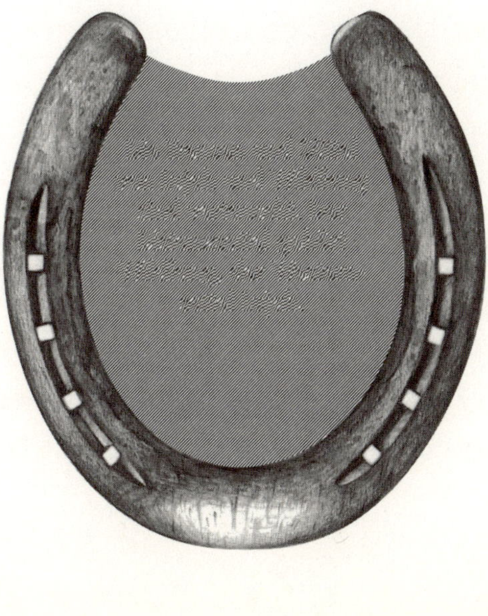

○○○○●○

3. Nächtlicher Besuch

Logbucheintrag vom 3. März, 13.05 Uhr

Liebes Logbuch,

ich bin's schon wieder. Etwas äußerst Komisches ist passiert. Die Sättel und Trensen von Wildfang und Lujah waren vertauscht. Schmidtchen und ich haben überprüft, ob eins der beiden Pferde Druckstellen hat. Fehlanzeige, zum Glück. Also hat anscheinend niemand die Sachen benutzt und schon gar nicht am falschen Pferd. Aber wer hat das Zaumzeug falsch aufgehängt? Wir sind zuletzt vor drei Tagen geritten. Es sind keine Feriengäste da und Mama hat vorgestern Abend nur Wildfang ein bisschen longiert, also auch keinen Sattel be-

nutzt. War etwa jemand Fremdes hier auf dem Hof? Und was hat er oder sie mit dem Zaumzeug gemacht? Es ist nichts beschädigt. Aber allein die Vorstellung, dass jemand in der Sattelkammer war, macht mir Angst. Dabei ist dort doch eigentlich immer abgeschlossen.
Verwirrte Grüße, Chris

„Es soll heimlich jemand im Stall gewesen sein?!“ Philipp runzelte die Stirn und legte das Logbuch zur Seite. Die Pferdebande hatte sich gleich nach der Schule am nächsten Tag im Geheimversteck eingefunden. „Das gibt's doch nicht. Da suchen wir nach gestohlenen Pferden, und währenddessen bricht jemand einfach so auf dem Gut ein! Fehlt etwas? Ist was gestohlen worden?“

„Nein, es ist nichts geklaut und auch nichts kaputtgemacht worden“, beschwichtigte Chris.

„Trotzdem!“, beharrte Philipp. „Da hätte was passieren können. Und wir waren nicht da! Was ist mit dir, Mumpitz, wieso hast du nichts gemerkt?“, wandte er sich an den Mischlingshund, der hechelnd vor den dreien saß und auf ein Leckerchen hoffte.

„Wuff“, machte Mumpitz und streckte Philipp auffordernd eine Pfote hin.

„Was immer das heißen soll“, brummte der Junge.

„Na, ist doch ganz klar.“ Karolin lachte. „Gebt mir einen Fall und ich bin dabei.“

„Aber das ist es ja“, sagte Chris. „Wir waren hier und haben trotzdem nichts gemerkt. Das finde ich ja so unheimlich.“

„Aber du sagst doch selbst, dass nichts passiert ist“, versuchte Karolin die Freundin zu beruhigen. „Es sind doch öfter Leute hier auf dem Hof. Vielleicht war das Ganze nur ein blöder Streich. Irgendjemand fand es wahrscheinlich witzig, die Sachen umzuhängen.“

„Ha, ha“, machte Chris. „Und was ist, wenn derjenige etwas mit den Pferdediebstählen zu tun hat?“

Karolin und Philipp sahen sie entsetzt an.

„Das glaub ich nicht“, sagte Karolin schnell.

„Das wäre ja hirnverbrannt. Es kommt doch keiner und reitet mitten in der Nacht heimlich das Pferd Probe, das er gern hätte. Und anschließend beauftragt er Pferdediebe, das bequemste Pferd zu klauen, oder wie?“, witzelte Philipp.

Die Mädchen sahen ihn stumm an.

Philipp hob die Schultern. „Hey. Das war ein Scherz, okay?“

„Dummerweise hast du ziemlich genau das beschrieben, was ich vermute“, gab Chris trübsinnig zu.

Philipp schüttelte den Kopf, schwieg aber, als er den angriffslustigen Blick seiner kleinen Schwester sah.

„Dann müssen wir jetzt doppelt aufmerksam sein“, beschloss Karolin. „Zum einen müssen wir möglichst schnell die Pferdediebe finden, zum anderen sollten wir uns hier auf die Lauer legen.“

„Okay!“ Philipp erhob sich. „Jetzt fragen wir zuerst mal deine Mutter, Chris, wann sie zuletzt in der Sattelkammer war und ob ihr da nichts aufgefallen ist“, schlug er vor.

Birte Mertens saß auf einer Bank vor dem Stall. Sie genoss in ihrem Reitanorak die Frühlingssonne und las Zeitung.

„Hallo, Frau Mertens“, begann Philipp mit wichtiger Miene. „Haben Sie eine Minute Zeit für ein paar Fragen?“

Birte Mertens legte schmunzelnd die Zeitung weg.

„Oh, das klingt nach einer dringenden Angelegenheit. Was denn für Fragen?“

„Wegen vorgestern Abend“, schaltete sich Chris ein. „Du hast mir erzählt, dass du Wildfang longiert hast. Warum eigentlich?“

„Und wann war das?“, ergänzte Karolin.

„Und ist Ihnen in der Sattelkammer irgendwas aufgefallen?“, fragte Philipp.

„Oder auch sonst?“, warf Karolin ein.

„Holla“, machte Frau Mertens erstaunt und setzte sich aufrecht hin. „Das ist ja ein richtiges Kreuzverhör. Habe ich etwas verbrochen?“

„Ach, Mama. Bitte. Nun sag schon“, bat Chris ungeduldig. „Es könnte sein, dass der Pferdedieb sich hier auch schon umgesehen hat. Wir müssen jeder Spur nachgehen.“

Karolin kniff Chris von hinten in die Seite. Solche Informationen sollte die Pferdebande besser für sich behalten!

Chris rieb sich ihre Taille und unterdrückte ein Stöhnen.

Ihre Mutter schien das Gesagte jedoch nicht ernst zu nehmen. „Ach so, entschuldigt. Ich vergaß, dass ihr Meisterdetektive seid. Also der Reihe nach: Schmidtchen hat, wie du ja weißt, Chris, an diesem Abend alle Sättel mit Sattelseife und Lederfett gereinigt und geölt. Ein gewisses Mädchen hatte ihm am Tag zuvor seine Hilfe dabei angeboten, aber irgendwie kam es nicht dazu. Was wolltet ihr noch wissen?“

Chris betrachtete verlegen ihre Reitstiefelspitzen. „Ich weiß, Mama. Ich … wir … Da war doch dieser Mathetest.“

„Also haben Sie Wildfang longiert, weil ihr Sattel nicht da war?“, mischte Philipp sich ein und erntete dafür einen dankbaren Blick von Chris.

„Na ja, nicht direkt. Ihr Sattel war schon fertig geputzt, nur das Öl war noch ganz frisch und nicht vollständig eingezogen. Da hätte ich mir einen schönen braunen Poabdruck geholt. Außerdem hatte ich den Eindruck, dass sie im Trab nicht ganz klar lief. Das wollte ich mir mal ohne Reiter vom Boden aus ansehen."

„Und, ist da was?", fragte Chris besorgt.

„Nein", sagte ihre Mutter und strich Chris beruhigend über den Arm. „Es war nur eine leichte Taktunreinheit."

„Ist Ihnen etwas Ungewöhnliches aufgefallen, als Sie davor und danach in der Sattelkammer waren?"

„Oh ja!", rief Birte Mertens und lachte. „Im ersten Moment dachte ich doch glatt, die Satteldiebe* hätten noch einmal zugeschlagen. Die Hälfte der Sättel und Trensen fehlte ja, weil Schmidtchen sie zum Einfetten mit in seine Wohnung genommen hatte. Es lief wohl irgendein wichtiges Fußballspiel."

„Oh", machte Karolin. „Und wann war das?"

„Das wird so gegen halb neun gewesen sein."

„Und nach dem Longieren?", fragte Chris. „War da irgendetwas anders?"

Ihre Mutter runzelte die Stirn. „Da waren logi-

* siehe „Die Pferdebande und die Jagd auf die Satteldiebe"

scherweise auch noch nicht wieder alle Sättel da. Das war ja höchstens eine halbe Stunde später. Ich habe nicht weiter darauf geachtet."

„Aber ist dir speziell was bei Lujahs oder Wildfangs Sattel aufgefallen?", bohrte Chris weiter.

Birte Mertens überlegte kurz. „Nein, die waren beide weg."

„Lujahs und Wildfangs Sättel waren beide weg?", fragte Chris erstaunt. „Ich dachte, der von Wildfang war bereits fertig? Das erklärt so einiges."

Ihre Mutter sah sie irritiert an. „Vielleicht hat Schmidtchen noch etwas nachbessern wollen."

Chris schüttelte den Kopf. „Mein Hufeisen hängt schief, aber das macht nichts, Mama. Das musst du nicht verstehen. Jedenfalls danke für die Infos." Sie drehte sich um und rief über die Schulter: „Los, kommt!"

Philipp und Karolin folgten ihr eilig und stellten die Freundin gleich hinter der nächsten Ecke zur Rede.

„Was ist denn?", zischte Philipp. „Wieso rast du plötzlich im Schweinsgalopp los?"

Chris schnaufte atemlos. „Ich kenne Schmidtchen", keuchte sie. „Der ist total ordentlich und ge-

nau. Er würde nie ein und denselben Sattel zweimal zum Putzen holen."

„Du meinst Wildfangs Sattel?", warf Karolin ein.

„Genau", bestätigte Chris. „Wir können sogar den Tatzeitraum auf etwa 20 bis 22 Uhr eingrenzen, also bis das Fußballspiel zu Ende war und Schmidtchen alles wieder zurückgebracht hat."

„Häh?!" Philipp kratzte sich am Kopf und versuchte Chris' Gedanken irgendwie nachzuvollziehen. Es gelang ihm nicht. Fragend sah er die Freundin an.

„Also", begann Chris zu erklären. „Schmidtchen hängt grundsätzlich nach dem Fetten alles wieder an seinen Platz. Fußball hin oder her. Er hat im ersten Schwung Wildfangs Sattel gefettet und dann wieder zurückgehängt. Mama hat ihn bei ihrem ersten Gang in die Sattelkammer dort gesehen, beim zweiten Mal aber nicht mehr. Und am nächsten Tag fiel Schmidtchen auf, dass Lujahs und Wildfangs Sattel vertauscht waren. Das bedeutet Folgendes: Irgendjemand hat Wildfangs Sattel nach dem Fetten mitgenommen, dann gemerkt, dass er ganz klebrig ist, und einen zweiten Sattel geholt …"

„… und zwar Lujahs Sattel, weil das der einzige ist, der mit einem Spezialfett gereinigt wird, das Schmidtchen im Moment nicht da hat", beendete Philipp den Satz und sah die beiden Mädchen triumphierend an.

„Ich weiß nicht", meinte Karolin zögernd.

Chris nickte. „Doch, so muss es gewesen sein. Der Täter hat die beiden Sättel dann zusammen wieder zurückgebracht, aber falsch aufgehängt, weil er sich die Haken nicht richtig gemerkt hat."

Philipp runzelte die Stirn. „Was ich nicht kapiere: Du hast gesagt, der Tatzeitraum lässt sich bis ungefähr 22 Uhr eingrenzen. Wie kommst du darauf?"

Chris lächelte. „Das ist doch ganz leicht."

Was glaubst du – was ist die logische Erklärung dafür, dass das Ganze vor 22 Uhr passiert sein muss?

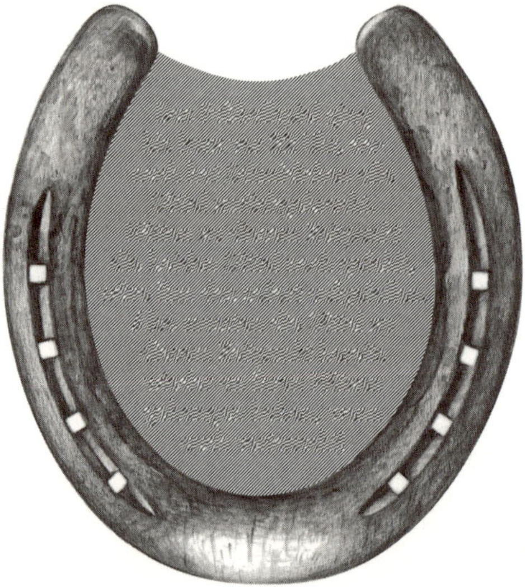

○●○○○○

4. Überraschung auf dem Reitplatz

Logbucheintrag vom 3. März, 13.53 Uhr

Hallo, liebes Logbuch,

ich halte unsere Ergebnisse jetzt mal schriftlich fest.
Chris scheint Recht zu haben mit ihrer Theorie. Wir haben Schmidtchen gerade noch mal gefragt, und er hat bestätigt, dass um 22 Uhr alle Sättel fertig geputzt in der Sattelkammer hingen. Der Täter muss also vorher Lujahs und Wildfangs Sättel zurückgebracht haben, denn sonst wäre Schmidtchen ihr Fehlen sofort aufgefallen.
Dass die Sättel vertauscht waren, hat er aller-

dings erst am nächsten Tag bemerkt, wahrscheinlich war er an dem Abend doch schon etwas müde. ;-))

Deine Karolin

P.S. Chris und Philipp fahren jetzt zum Trakehnergestüt und suchen nach weiteren Spuren. Ich fahre nach Hause und schau mal, ob ich im Internet ein paar Hinweise auf andere Pferdediebstähle hier in der Region finde.

Während Karolin über dem Computer im Arbeitszimmer ihres Vaters brütete, machten Philipp und Chris auf dem Trakehnergestüt nur kleine Fortschritte.

„Das passt doch alles nicht zusammen“, sagte Philipp enttäuscht, als sie die Haustür der Eigentümer hinter sich zuzogen. Dort hatten Herr und Frau Holtzmann sie zu Kakao und Keksen eingeladen und bereitwillig alles erzählt, was sie wussten.

„Viel war das wirklich nicht“, fasste Chris zusammen und seufzte. „Wieder hat jemand das Schloss mit dem Seitenschneider durchtrennt. Wieder sind mehrere Pferde auf der Weide gewesen. Aber nur die tragende Stute und der junge Wallach sind gestohlen worden."

„Das waren aber auch die wertvollsten Pferde hier auf dem Hof", wandte Philipp ein. „Wenn wir das mit Tinas Björni vergleichen … Der ist schon ziemlich alt und hat Arthrose. Wer klaut so ein Pferd und wie passt das mit den anderen Diebstählen zusammen?"

Chris hob die Schultern. „Und wie passt es zum Vorfall auf Gut Hohenhain? Den Holtzmanns ist jedenfalls im Vorfeld des Diebstahls nichts komisch vorgekommen. Keine fremden Leute, keine Autos, die sie nicht kannten … nichts, was auf irgendwelche unerwünschten Besuche hindeutet."

„Wir wissen eigentlich nur, dass die Diebstähle vermutlich nachts begangen werden, was ja nahe liegt. Komm, lass uns nach Hause fahren. Wollen wir ausreiten? Ich muss auf andere Gedanken kommen", schlug Philipp vor.

„Prima Idee", meinte Chris strahlend. „Ich ruf Karolin vom Handy aus an und sag ihr Bescheid."

Als Philipp und Chris auf dem Gut ankamen, stellten sie fest, dass sie alleine waren. Chris' Mutter hatte einen Zettel an die Tür gehängt. Sie war einkaufen und Schmidtchen war mit Chris' Vater zum Großeinkauf in den Landhandel gefahren. Das konnte dauern, wie Chris aus Erfahrung wusste.

Mumpitz jaulte und bellte hinter der verschlossenen Küchentür, als er die Kinder hörte.

„Ach, du Armer, hat sie dich eingesperrt, damit du nicht streunen gehst?“, rief Chris und ließ ihn heraus. „Eine Nachbarshündin ist läufig“, erklärte sie Philipp, während Mumpitz sie stürmisch begrüßte. „Wir haben ihn schon zweimal drüben bei Onkel Jesper abholen dürfen.“

„Da will er aber jetzt nicht zufällig wieder hin?“, fragte Philipp grinsend, als Mumpitz zwischen seinen Beinen durchschoss und wild kläffend um die Ecke in Richtung Reitplatz bog.

„Nein, die wohnen da drüben“, meinte Chris und wies in die entgegengesetzte Richtung. Dann lief sie dem Hund hinterher und Philipp folgte den beiden.

Auf dem Reitplatz blieben die Kinder wie vom Donner gerührt stehen. Im Dressurviereck stand Lujah. Mutterseelenallein. Fertig gesattelt und getrenst. Der Haflinger knabberte ruhig an einem Rosenbusch, während Wildfang und Käffchen hinter

ihm auf dem Paddock standen und zu ihm herübersahen.

„Ist Karolin etwa schon da?“, wunderte sich Chris und pfiff nach Mumpitz.

„Aber warum sollte sie mein Pferd für mich fertig machen?“, fragte Philipp zurück.

„Und wieso lässt sie es dann einfach alleine hier stehen? Das ist gedankenlos“, schimpfte Chris.

Mumpitz umrundete Lujah, der sich davon kein bisschen aus der Ruhe bringen ließ und weiter an den Blumenbeeten der Reitplatzumrandung zupfte.

Chris griff nach Lujahs Zügel, um ihn von den Rosen wegzuziehen.

„Lass das“, befahl sie dem Pony. „Wenn Mama das sieht, gibt es mächtig Ärger.“

„Karolin!?“, rief Philipp und wartete. Doch es kam keine Antwort.

Mumpitz schnüffelte mit der Nase am Boden interessiert den Reitplatz ab.

„Ob er eine Spur gewittert hat?“, überlegte Philipp. „Such, Mumpitz! Such!“, forderte er den Mischlingsrüden auf.

Mumpitz setzte sich gehorsam Richtung Hofeinfahrt in Bewegung, die Nase immer auf dem Boden. Dann plötzlich kläffte er und rannte los. Philipp spurtete hinterher. „Er hat was!“, rief er aufgeregt.

Chris konnte ihm mit Lujah nicht so schnell folgen, denn das Pony fand die Blumen viel spannender als irgendeine Verfolgungsjagd mit ungewissem Ausgang.

Hinter der Häuserecke hörte Philipp den Hund bellen. Doch als er ebenfalls abbog, wäre er um ein Haar in seine kleine Schwester und ihr Fahrrad gestolpert, die kichernd den aufgeregt an ihr hochspringenden Mumpitz begrüßte.

„Bist du gerade erst gekommen?“, fragte Philipp geplättet.

„Ja, wie sieht es denn aus?“, fragte Karolin zurück.

„So, als ob du nichts mit Lujahs Ausflug zu tun haben kannst“, stellte Philipp erschüttert fest.

„Wer kann das gewesen sein?“, fragte Karolin nicht minder erschrocken, als Chris und Philipp ihr in kurzen Worten alles erzählt hatten.

„Vermutlich der Gleiche, der neulich Abend die Sättel vertauscht hat.“

„Aber jetzt hat alles gestimmt“, bemerkte Karolin.

„Kein Wunder“, erklärte Chris. „Die Ponys hatten heute auf der Wiese die Halfter an, weil Schmidtchen sie heute Nachmittag umweiden wollte. Da stehen groß die Namen drauf. Genau wie auf den Halterungen für Sattel und Zaumzeug.“

„Und das war neulich Abend nicht so. Normalerweise haben die Ponys auf der Weide ja keine Halfter an“, ergänzte Philipp.

Lujah scharrte mit den Hufen auf dem Pflaster.

„Tja. Was machen wir nun?“, fragte Karolin.

„Reiten gehen“, beschloss Chris. „Ein Pferd ist schon fertig und die anderen beiden warten ungeduldig. Und wenn ich nicht eine Stunde mal an etwas anderes denke, dann platzt mir noch der Schädel."

„Hast du denn niemanden gesehen?", wandte sich Philipp wieder an Karolin.

„Philipp! Wie oft soll ich das denn noch sagen?", beschwerte sie sich „Nein. Niemanden. Das wäre mir nun wirklich aufgefallen, wenn mir ein Auto oder ein Fahrrad mit einem oder mehreren Erwachsenen entgegengekommen wäre."

„Ja, aber – bedeutet das denn nicht, dass der Täter noch irgendwo hier ist?"

Chris schüttelte den Kopf. „Schaut euch Mumpitz an. So entspannt wäre er nicht, wenn sich hier irgendwer versteckt halten würde. Aber wenn ihr wollt, können wir auch gern hier auf dem Platz reiten und Bahnfiguren üben, bis meine Eltern oder Schmidtchen wieder zurück sind."

Die anderen nickten. Das war wohl das Beste.

Trotz der guten Vorsätze war beim Reiten niemand so richtig bei der Sache, und so ließen die drei ihre Ponys nach einer guten halben Stunde zurück auf die Weide.

„Wir müssen uns auf die Lauer legen", sprach

Philipp aus, was alle dachten, als sie am Koppeltor der Hausweide standen und den drei Pferden nachsahen, die wild buckelnd um die Wette liefen.

„Wir brauchen einen Plan“, stimmte Karolin zu. Sie kaute auf einer Haarsträhne herum. „Das Ganze wird wirklich immer unheimlicher.“

„Heute Abend hole ich Mumpitz zu mir ins Zimmer. Dann merke ich sofort, wenn er etwas hört und bellt“, schlug Chris vor.

„Okay, das ist zumindest ein Anfang“, meinte Philipp. „Aber ich habe das dumme Gefühl, wir suchen irgendwie nach der Nadel im Heuhaufen.“

„Ach, hast du eigentlich im Internet etwas herausgefunden?“, wandte Chris sich an Karolin. „Das hätten wir ja fast vergessen.“

„Nur Kleinigkeiten“, antwortete Karolin bedauernd. „Es gab noch zwei weitere Diebstähle, etwa dreißig Kilometer von hier entfernt. Wieder waren es Rassepferde. Wieder haben die Täter keine Spuren hinterlassen und das Tor war mit einem Seitenschneider aufgeknackt. Diese Schurken müssen sich noch nicht mal besonders anstrengen. Ich trage es morgen ins Logbuch ein. Heute bin ich zu müde. Ach so, eine Sache ist mir noch aufgefallen: Die

Diebe schlagen anscheinend nur bei Regenwetter zu. Ich habe die Wetterberichte der Einbruchsnächte verglichen. Daher findet man auch nie Spuren."

„Raffiniert." Chris pfiff durch die Zähne.

Philipp blickte zum Himmel. „Na, dann müssen wir uns heute hoffentlich keine Sorgen machen."

Ein leuchtendes Abendrot tauchte den wolkenlosen Himmel in ein Farbenmeer aus den unterschiedlichsten Rot- und Violetttönen.

Karolin gähnte laut und vernehmlich, und schließlich verabschiedeten sich die Geschwister von Chris.

In der Nacht schreckte Chris aus dem Schlaf hoch. Mumpitz mit seinen über zwanzig Kilogramm Körpergewicht war auf ihr Bett gehüpft und jaulte aufgeregt. Schlaftrunken rieb sie sich die Augen. „Was ist denn los, Dickerchen?"

Etwas prasselte an ihr Fenster. „Es regnet bloß", murmelte Chris und wollte sich wieder umdrehen.

Doch Mumpitz ließ nicht locker. Er winselte und leckte ihr das Ohrläppchen.

Chris versuchte die kalte Hundenase mit einer Hand wegzudrücken. „Lass das, ich will schlafen", murmelte sie. Plötzlich hörte sie draußen ein Pferd wiehern, schrill und angsterfüllt. Das war Wildfang. Die Stimme ihrer Stute würde Chris aus einer ganzen Herde heraushören. Mit einem Ruck setzte sie sich auf und war hellwach. Regen. Pferdewiehern. Hufgetrappel. „Die Pferdediebe“, brüllte sie und knipste das Licht an. Sie sprang aus ihrem Bett, griff nach dem Bademantel und fegte die Treppe hinunter, so schnell sie konnte. Im Nu waren auch ihre Eltern und Schmidtchen alarmiert.

Sie schalteten die Hofbeleuchtung ein und rannten in Bademänteln und Gummistiefeln durch den Frühlingsregen. Harald und Birte Mertens sahen im Stall nach, ob dort alles in Ordnung war. Schmidtchen und Chris zählten die Ponys auf der Weide.

„Da! Lujah! Sieh dir das an!“, hauchte Chris und rannte mit Schmidtchen zu dem Pony, das in der Nähe von Wildfang stand und von der Traberstute panisch umrundet wurde. Sie zog das linke Hinterbein leicht nach.

„Sie ist verletzt!“, rief Chris aufgebracht.

„Und irgendjemand hat Lujah heimlich geritten“, stellte Schmidtchen fest. „Na warte, Bürschchen. Wenn ich dich in meine alten Finger kriege. Aber jetzt versorgen wir erst mal die Pferde.“

Woran hat Schmidtchen erkannt, dass Lujah geritten wurde und nicht einfach nur vom Regen nass ist?

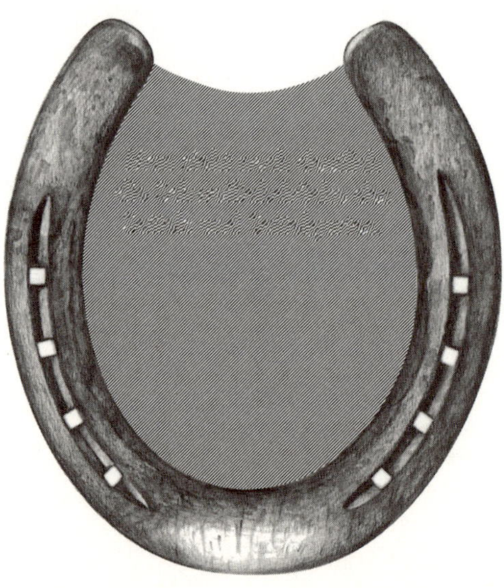

5. Gute und schlechte Neuigkeiten

Logbucheintrag vom 4. März, 7.36 Uhr

Guten Morgen!
Es ist ganz offensichtlich, dass sich hier auf dem Hof jemand herumtreibt. Ob das etwas mit den Pferdediebstählen in der Umgebung zu tun hat – keine Ahnung. Auf jeden Fall reitet irgendjemand einfach so mitten in der Nacht mit unseren Pferden aus und schert sich nicht die Bohne darum, was da alles passieren kann. Wildfang hat sich so aufgeregt, dass Lujah weg war, dass sie sich bei der Toberei leicht an der Hinterhand verletzt hat. Sie muss irgendwo hängen geblieben sein. Wir haben die Wunde mit Blauspray versorgt.

Lujah ist zum Glück nichts passiert. Aber wir sind alle völlig fertig. Wir müssen diesen Menschen zu fassen kriegen. Das ist wichtiger als alles andere. Ich leg mich noch mal eine Runde ins Bett, bin nämlich todmüde. Ein Glück, dass heute Samstag ist.
Bis später, Chris

„Du ahnst nicht, was passiert ist“, rief Philipp Chris schon von weitem zu und winkte.

Karolin hatte Mühe, ihrem Bruder auf dem Fahrrad zu folgen, so fest trat Philipp in die Pedale. Als er sein Rad neben Chris an den Zaun lehnte, erreichte sie gerade die Hofeinfahrt.

„Morgen“, murmelte Chris wortkarg und schippte weiter missmutig Pferdeäpfel auf den Misthaufen.

„Was ist los?“, fragte Philipp alarmiert.

„Wieso seid ihr nicht ans Telefon gegangen?“, fragte Chris zurück und stach heftig mit der Mistgabel in den Haufen. „Seit Stunden versuche ich euch zu erreichen. Niemand hat abgenommen. Bis mir dann endlich eure Mutter erzählt hat, dass ihr auf dem Weg hierher seid.“

„Was hat sie?“, keuchte Karolin atemlos. „Hast du’s ihr schon gesagt?“

Philipp schüttelte den Kopf. „Wie denn. Sie hört ja nicht zu."

„Ich höre wohl zu", widersprach Chris trotzig und stemmte die Arme in die Hüften. „Aber ich habe schon den ganzen Vormittag versucht mit euch zu sprechen. Jemand ist heute Nacht heimlich mit Lujah ausgeritten. Wildfang ist verletzt. Niemand hört *mir* zu." Sie griff wieder zu ihrer Forke. „Und was wolltet ihr loswerden?"

„Die Friesenstute ist wieder da", murmelte Philipp und sah hinüber zur Weide, auf der Lujah und Wildfang gut zu erkennen waren. Die dunkle Traberstute und der Haflinger standen wie immer dicht beisammen und benagten sich gegenseitig das Fell.

„Ach je“, murmelte Karolin und nahm die Freundin in den Arm.

„Aber so schlimm kann es doch nicht sein. Die beiden stehen da ja ganz friedlich auf allen acht Beinen“, versuchte Philipp zu scherzen.

„Ja, ach, ich weiß. Das ist es nicht“, murmelte Chris. „Ich mach mir halt Sorgen. ... Und die Friesenstute ist wieder da?“

„Genau“, verkündete Philipp, während sie zu den Pferden hinübergingen. „Sie ist bei einem Händler gelandet, der sie aufgrund der Polizeibeschreibungen wiedererkannt hat.“

„Händler?“, fragte Chris überrascht. „Das wirft ja unsere ganze Theorie durcheinander.“

„Welche Theorie denn?“, erkundigte sich Karolin neugierig. „Hab ich was nicht mitbekommen?“

„Oh, Entschuldigung“, meinte Chris zerknirscht. „Das habe ich glatt vergessen ins Logbuch einzutragen.“

„Chris!“, rügte Philipp.

„Ja, ich weiß. Ich geb 'ne Runde Eis aus, okay? Geschieht mir ganz recht.“

Karolin grinste zustimmend. „Und was ist jetzt mit eurer Theorie?“

„Als wir auf dem Trakehnerhof waren, sind Philipp und ich auf die Idee gekommen, dass die Pferde vielleicht auf Bestellung gestohlen werden. Denn welcher Pferdekenner würde schon einen Björni klauen?“, erzählte Chris.

„Klingt einleuchtend“, bestätigte Karolin. „Ich habe mir schon etwas Ähnliches gedacht. Björni ist ja zum Beispiel für einen Reitanfänger ein supergutes Pferd, auch wenn er schon etwas älter ist. Man kann sich immer auf ihn verlassen, er ist absolut verkehrssicher und verladefromm.“

„Ja“, brummte Chris. „So verladefromm, dass er offensichtlich mit jedem dahergelaufenen Pferdedieb auf den Transporter steigt.“

„Moment mal“, widersprach Philipp. „Wir haben nie Reifenspuren entdeckt und es gibt auch keine Zeugenaussagen über verdächtige Fahrzeuge an den Weiden. Vielleicht bringen die Diebe die Pferde zu Fuß weg?“

„Quatsch“, meinte Chris. „Wohin denn? Das würde ja wohl auffallen.“

„Es hat immer geregnet“, gab Karolin zu bedenken. „Und es war nachts. Da ist ja sonst kein Mensch unterwegs. Es kann also schon möglich sein.“

„Richtig. Wir wissen nicht, ob oder was für Fahrzeuge die Diebe benutzen. Aber wir wissen, dass die Friesenstute aus irgendwelchen Gründen wieder auf freiem Huf ist, sozusagen. Hihi.“ Philipp kringelte sich über seinen eigenen Witz.

„Also, ich könnte mir vorstellen, dass einer der Käufer abgesprungen ist“, mutmaßte Chris. „Vielleicht hat ihm die Stute nicht gefallen. Was sagt denn die Polizei?“, wollte sie wissen.

„Keine Ahnung. Wir sind gleich hergefahren, um es dir zu berichten.“

„Und woher stammt die Information?“, fragte Chris.

„Aus zuverlässiger Quelle.“ Karolin grinste. „Die Besitzerin war heute Morgen bei unserem Vater in der Apotheke, um sich Notfalltropfen zu kaufen. Sie hat sich wohl so aufgeregt, als die Polizei anrief, um ihr mitzuteilen, dass ihr Friese keine hundert Kilometer von hier bei einem Händler steht.“

„Aber wie kann die Polizei sich eigentlich so sicher sein, dass es wirklich die gestohlene Friesenstute ist?“, fragte Philipp.

„Equidenpass?“, riet Chris.

„Schätze ich auch.“

„Moment mal, das Wort hab ich schon mal gehört. Richtig, bei Björni. Ist das etwa so 'ne Art Personalausweis für Pferde – mit Foto und Unterschrift?“ Philipp kicherte.

„Jungs“, stöhnte Chris. „Los, lasst uns reingehen und erst mal frühstücken. Mir knurrt der Magen. Ich habe heute früh nichts runtergekriegt nach all der Aufregung. Aber jetzt könnte ich zehn Brötchen verdrücken.“

„Das will ich sehen“, gluckste Karolin.

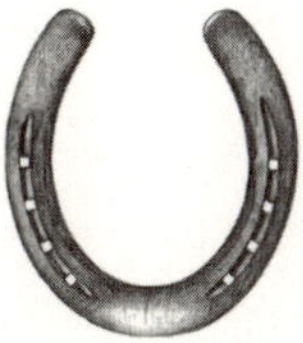

Was steht denn wirklich im Equidenpass?

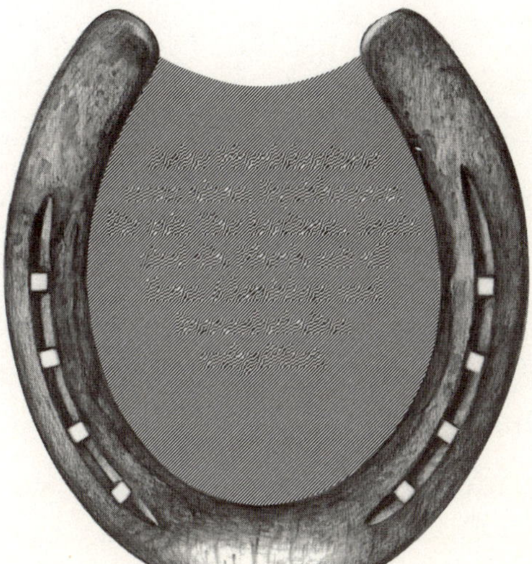

6. Die Verfolgungsjagd

Logbucheintrag von Sonntag, 5. März, 20.07 Uhr

Hallo, Logbuch

Der Friese ist wieder zu Hause. Seine Besitzerin ist total glücklich. Aber die Spuren zu den Tätern verlaufen sich im Sand. Es gibt einfach nichts Neues. Weder die Polizei noch sonst jemand hat einen entscheidenden Hinweis. Es ist zum Haareraufen. Dafür ist das Wetter total schön. Wahnsinn. Man kann im T-Shirt draußen misten. Und das Anfang März! Zumindest scheint unsere Theorie zu stimmen, dass die Gauner nur bei Regen zuschlagen. Bei den Pferden auf Hohenhain ist alles ruhig. Chris hat letzte Nacht im Stall geschlafen. Karolin und ich

durften leider nicht. Aber jetzt schläft sie auch wieder in ihrem Bett und heute dürfen wir bei ihr übernachten – morgen ist schulfrei, jipiieeh! Außerdem haben wir sturmfreie Bude. Chris' Eltern sind im Theater. Die Nachbarshündin ist nicht mehr läufig und Mumpitz hält wieder draußen Wache. Na ja, so haben wir immerhin die Gelegenheit, hier auf dem Hof beim Frühjahrsputz zu helfen. Heute haben wir die Cavalettis und die Hälfte der Hindernisstangen gestrichen. Wir halten die Augen offen.
Bis bald, hoffentlich mit mehr Neuigkeiten.
Philipp

Philipp klappte das Logbuch zu und versteckte es ordentlich in der Spalte zwischen den Strohballen. Zögernd hielt er das Hufeisen in den Händen. Wie sollte er es jetzt hinstellen? Er hatte einen neuen Eintrag gemacht, also müsste es eigentlich mit der offenen Seite nach oben stehen. Andererseits war nichts Neues zu vermelden, also müsste es auf dem Kopf stehen. „Hmm“, machte er und kratzte sich am Kopf. Dann entschied er sich für die erste Variante. „Eintrag ist Eintrag“, murmelte er und kroch aus dem Geheimversteck. Er wollte zu Karolin und

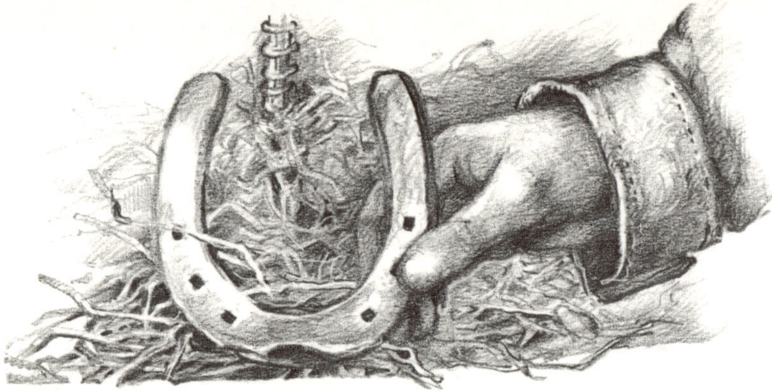

Chris, die schon im Haus waren, um eine Tüte Popcorn in der Mikrowelle herzustellen. Für später hatten sie sich noch einen Videofilm ausgeliehen.

Pfeifend stieg Philipp die Treppe hinunter. Da hörte er in der Stallgasse ein Scheppern.

Alarmiert griff er nach der nächstbesten Mistgabel und schaltete die Neonbeleuchtung ein. Ein Eimer kullerte über den Boden. Mitten in der Boxengasse stand Lujah, der den Eimer umgetreten hatte, und sah Philipp geblendet an. Aus seinem Maul hingen Heuhalme, aber er kaute noch an etwas anderem. Der pfiffige Wallach hatte es offensichtlich geschafft, die Futterkiste zu öffnen, und genoss mampfend und schmatzend eine Extra-Ration Kraftfutter.

„Lujah, spinnst du?!", rief Philipp und zog das rundliche Pony am Halfter von der Truhe weg.

„Davon kannst du eine Kolik kriegen! Wie kommst du überhaupt hier raus?“

Mit Hilfe der Mistgabel, die er wie eine Gerte einsetzte, gelang es ihm, den widerstrebenden Haflinger zurück in seinen Stall zu befördern. Wildfang lief bereits unruhig in der Box auf und ab und begrüßte ihren Freund mit einem energischen Wiehern.

Philipp hakte das Boxentor zu und schob sicherheitshalber auch noch den zweiten Riegel vor. „So. Da kommst du jetzt nicht mehr so einfach raus“, murmelte er.

Kopfschüttelnd stellte er den umgekippten Eimer zurück in die Ecke, schloss den Deckel der Truhe und knipste das Licht aus. Jetzt freute er sich auf den Film und eine schöne Portion Popcorn mit Heidehonig. Eilig lief er über den Hof ins Haus. Es hatte angefangen zu tröpfeln.

„Ihr werdet's nicht glauben“, begrüßte er die Mädchen in der Küche.

Zwei Minuten später hatte er die Neuigkeit erzählt.

„Was hast du da gesagt?“, fuhr Chris ihn an und stellte die Popcornschale auf den Küchentisch, dass es knallte. „Lujah hat in der Stallgasse Hafer gefressen und du hast ihn zurückgebracht?“

Philipp nickte stolz.

„Am Halfter? Das er schon umhatte? Du bist dir ganz sicher, dass du ihm keins umgelegt hast?“ Chris sah ihn mit weit aufgerissenen Augen an.

Mumpitz lief zur Tür.

„Sag mal, merkst du's noch?“, kreischte Chris und rannte los. Hektisch schlüpfte sie in ihre Gummistiefel, zog sich den Anorak über und griff nach der Taschenlampe. Karolin tat es ihr nach. Mumpitz knurrte durch den Briefschlitz. Regen trommelte gegen die Fensterscheiben.

„Nun beruhigt euch doch“, erwiderte Philipp gelassen und steckte sich ein paar aus der Schale gerollte Popcorns in den Mund. „Was soll die Hektik? Lujah kann keine zehn Minuten draußen gewesen sein, ich habe doch nur den Eintrag ins Logbuch gemacht. Und da war noch alles still in der Stallgasse. Er kriegt bestimmt keine Kolik. Kommt, lasst uns den Film anschauen. Ich sehe freiwillig in einer Viertelstunde noch mal nach ihm.“

„Nein“, widersprach Chris. „Wir gehen jetzt! Wir müssen die Pferde zählen, Philipp Wildhagen. Beeil dich. Mumpitz, auf geht's." Damit zog sie sich die Kapuze über und rannte nach draußen.

Karolin wollte hinter ihr her, doch Philipp hielt sie am Ärmel zurück, während er sich wohl oder übel wieder in seine Gummistiefel zwängte. „Kannst du mir mal erklären, was sie hat?"

„Philipp!", rief Karolin und versuchte sich aus seinem Griff zu winden. „Denk doch mal nach! Wir haben vorhin die Halfter mit reingenommen, um sie zu waschen. Hast du das denn nicht mitbekommen? Lujahs Halfter ist nebenan in der Waschmaschine. Die Ponys hatten keine an. Jemand muss Lujah rausgelassen haben!"

„Heiliges Flusenhirn", stöhnte Philipp und zwängte sich an Karolin vorbei durch die Tür.

„Deine Jacke!", rief seine Schwester hinter ihm her, nahm sie vom Haken und rannte ebenfalls Richtung Stall.

Als im Stall das Licht anging, sah auf den ersten Blick alles aus wie immer. Chris lief die lange Boxenreihe ab. Dann fasste sie die größtmögliche Katastrophe in drei Worten zusammen: „Sie sind weg."

„Wer?“, fragte Karolin bang, die einige Meter hinter ihr war.

„Wildfang und Lujah.“ Chris setzte sich wie in Trance auf einen Strohballen.

„Das kann nicht sein!“, brüllte Philipp. „Zähl durch. Seht nochmal da drüben nach. Ich geh nach draußen. Vielleicht hat Schmidtchen sie in den Offenstall gebracht?“

„Wieso sollte er das tun, so spät abends, wenn es noch dazu in Strömen gießt? Es ist Pferdeklauwetter und wir haben alle geschlafen.“ Sie begann zu weinen. „Du hast Lujah vor gerade mal fünf Minuten in diese Box gebracht. Jetzt sind da hinten nur noch zwei Pferde drin statt vier.“

„Zehn Minuten“, flüsterte Philipp zerknirscht. „Es waren zehn Minuten. Ich war noch schnell auf der Toilette. Es ist alles meine Schuld.“

„Jetzt sitzt hier nicht rum wie die Trantüten“, befahl Karolin plötzlich entschlossen. „Los, wir satteln drei andere Pferde und reiten ihnen hinterher. Sie müssen zu Fuß weg sein. Einen Wagen, geschweige denn einen Pferdeanhänger, hätten wir auf alle Fälle gehört.“

„Schmidtchen“, sagte Chris und sprang auf. „Er

muss uns helfen. Ich hole ihn." Mit diesen Worten rannte sie in Richtung des kleinen Hofcafés, in dem Schmidtchen seine Wohnung hatte. „Macht doch schon mal Neumann, Schulze und Käffchen fertig", rief sie in der Tür. „Eine Trense reicht. Zu mehr haben wir jetzt keine Zeit."

„Na, was ist hier los?", polterte Schmidtchen da auch schon. Der Lärm hatte ihn alarmiert. Beinahe wäre Chris in den alten Stallmeister hineingerannt.

„Schmidtchen! Gut, dass du da bist. Lujah und Wildfang sind weg. Die Pferdediebe! Schnell! Sie können noch nicht weit sein", berichtete Chris abgehackt und rang nach Atem.

Karolin und Philipp hatten den Shetlandponys bereits die Trensen übergestreift. Philipp wartete mit den beiden in der Stallgasse, während Karolin Käffchen die Trense anlegte.

„Wir nehmen die Kutsche", bestimmte Schmidtchen und warf den Shettys das Geschirr über. Philipp rannte auf die andere Seite des Stalls, um den Kutschwagen zu holen.

Zeitgleich waren alle startbereit. „Philipp fährt bei mir mit", bestimmte Schmidtchen und löste die Handbremse.

Die Ponys ließen sich ebenso wie Käffchen von der Aufregung anstecken und trabten bereits los. Philipp blieb nichts anderes übrig, als auf die fahrende Kutsche aufzuspringen.

„Und ich?“, rief Karolin nervös.

„Setz dich hinter mich, schnell“, antwortete Chris, die bereits wie ein Indianer auf Käffchens breiten Rücken gesprungen war, und hielt Karolin eine Hand hin.

Karolin fasste zu. „Ich kann das nicht“, schrie sie.

Käffchen galoppierte an.

„Hilfe“, rief Karolin erstickt. Chris hielt eisern ihre Hand fest, sodass sie wohl oder übel neben dem galoppierenden Pony herrennen musste.

„Los jetzt“, brüllte Chris. „Wie beim Voltigieren!“

Karolin kniff die Augen zu, umklammerte Chris' Hand und drückte sich vom Boden ab. Und eh sie sich versah, saß sie schon auf Käffchens warmem Rücken.

Die Shettys legten ebenfalls ein rasantes Tempo vor. Wagemutig stand Philipp auf und hielt die Balance nur mit einer Hand an der kleinen Reling. „Mumpitz zeigt uns den Weg! Da lang“, schrie er aufgeregt und zeigte ins Dunkel.

„Na, was für ein Glück, dass ich gestern die Scheinwerfer an dieser Kutsche repariert habe“, brummte Schmidtchen und zog Philipp am Hosenbund auf den Kutschbock zurück.

Chris hielt ihre Taschenlampe zwischen den Zähnen. Aber wenn man sich an die Dunkelheit gewöhnt hatte, konnte man sogar besser ohne Licht sehen.

„Bist du sicher, dass Mumpitz nicht einfach irgendwohin läuft, sondern wirklich die Fährte von Lujah und Wildfang hat?“, rief Karolin ihrer Freundin von hinten zu.

„Selbst wenn Mumpitz sie verlieren sollte, haben wir immer noch Käffchen“, gab Chris zurück. „Die will schnellstmöglich zu ihren beiden Freunden. Ich muss sie überhaupt nicht lenken. Ich schätze, sie hat die Welt nicht mehr verstanden, als die beiden vorhin ohne sie losgezogen sind."

Wie zur Bestätigung stieß Käffchen ein schrilles Wiehern aus.

„Hast du das gehört?", juchzte Chris.

„Ja, ich bin ja nicht taub", keuchte Karolin und hielt die Arme fest um Chris geschlungen, um bei dem aberwitzigen Tempo nicht herunterzufallen. Käffchen schien immer noch schneller zu werden.

„Nein." Chris schüttelte den Kopf. „Ich meinte nicht Käffchen. Wildfang hat geantwortet. Die müssen irgendwo dicht vor uns sein. Kleben hat eben doch Vorteile!"

„Kleben?", fragte Karolin. Manchmal verstand sie die Gedankensprünge ihrer Freundin nicht.

Ist es wirklich ein Gedankensprung? Was meint Chris mit „Kleben“?

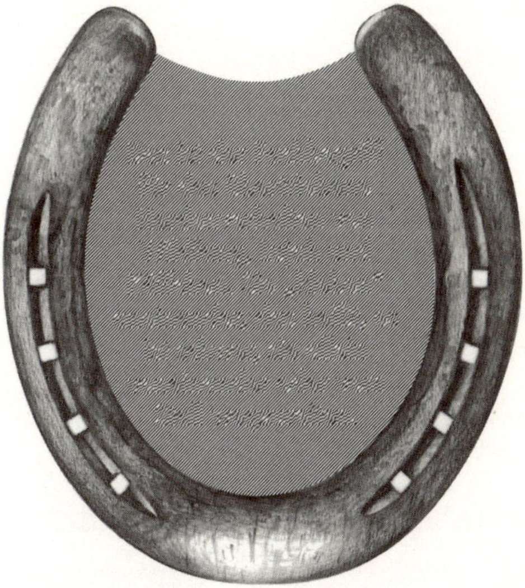

○○●○○○○○○○

7. Die Fremde im Wald

„Da vorn sind sie!“ Philipps Stimme überschlug sich. Er war wieder aufgesprungen. Schmidtchen hatte Mühe, den Jungen zurück auf den Kutschbock zu ziehen, damit sie nicht alle miteinander das Gleichgewicht verloren. „Hinsetzen“, befahl er. „Sonst ist Schluss mit Pferdediebe fangen.“

Vor ihnen unter ein paar Bäumen zeichneten sich die Schattenrisse von Pferden ab. Chris und Karolin waren der Kutsche um einige Pferdelängen voraus.

„Das gibt's ja nicht“, stieß Chris aus, als sie in der Dunkelheit Näheres erkennen konnte.

„Was denn?“, fragte Karolin. Sie versuchte vergeblich an Chris' Anorakärmeln vorbei etwas zu erspähen.

Doch da wurden sie auch schon langsamer. Käff-

chen fiel von einem harten Trab so schnell in den Schritt, dass Karolin fast doch noch heruntergefallen wäre. Wiehernd begrüßten sich die Pferde. Doch nicht zwei Vierbeiner standen da am Waldrand, sondern drei! Eine kleine Gestalt in dicker Regenjacke versuchte verzweifelt die Pferde festzuhalten. Offensichtlich war sie bemüht, eins oder sogar zwei an einen Baum zu binden. Chris ließ einfach die Zügel los und sprang gleichzeitig mit Karolin ab.

„Haben wir dich endlich, du gemeiner Dieb!", brüllte sie und stürmte auf die Gestalt zu, die erschreckt alle Stricke losließ und fliehen wollte. Aber da war Chris schon bei ihr und warf sich mit ihrem ganzen Gewicht auf sie. Da ihr Gegner weit weniger wog, als sie gedacht hatte, gingen beide zu Boden. Im Handgemenge gelang es Chris, ihrem Gegner die Kapuze herunterzuziehen. Vor Verblüffung ließ sie die Hände sinken. Es war ein Mädchen, kaum älter als sie selbst!

Die Fremde wollte erneut wegrennen, aber zum Glück waren Philipp und Karolin zur Stelle und hielten sie fest.

„Was glotzt du so blöd?", herrschte das Mädchen Chris an. Sie wand sich heftig in dem Griff der Geschwister. Karolin bekam mit dem Ellbogen eine kräftige Kopfnuss ab. „Au, mein Auge", kreischte sie.

Mit einem Satz war Schmidtchen bei den Kindern. „Jetzt reicht's aber", schimpfte er und packte das Mädchen am Kragen seiner Winterjacke, dass es wie an einem Kleiderständer in der Luft baumelte.

„Loslassen", brüllte das Mädchen und versuchte nach Schmidtchen zu treten.

„Aufhören", brüllte Schmidtchen zurück. Das Mädchen verstummte und ließ sich hängen.

Auch die Pferdebande war einen Moment still.

Schmidtchen brüllen zu hören war ein ebenso seltenes wie Furcht einflößendes Ereignis.

„So“, meinte Schmidtchen dann wieder vollkommen ruhig und stellte das Mädchen ab, ohne es loszulassen. „Chris, du siehst bei den Pferden nach dem Rechten. Philipp, zieh die Handbremse bei der Ponykutsche an. Karolin, ist mit deinem Auge alles in Ordnung?“

„Ja“, schniefte Karolin leise.

Das Mädchen funkelte sie böse an.

„Was ist hier los?“, wollte Schmidtchen dann von dem Mädchen wissen. „Was machst du mitten in der Nacht mit unseren Pferden in der Wallachei? Was ist das für ein drittes Pferd und wie heißt du überhaupt?“

„Ich bin Thekla. Und es ist nicht mitten in der Nacht, sondern gerade mal neun Uhr, und ich darf bis elf wegbleiben, wenn ich will. So.“

„Damit ist nur die Hälfte meiner Fragen beantwortet“, beharrte Schmidtchen.

„Die wollte unsere Pferde klauen, das siehst du doch“, rief Chris. „Lasst uns die Polizei holen!“

„Polizei?“, wiederholte das Mädchen erschrocken. „Ich habe nichts geklaut.“

„Ha, ha“, machte Philipp.

„Lasst sie ausreden“, beschwichtigte Schmidtchen.

„Ich hab mir nur das eine Pferd ausgeliehen“, murmelte das Mädchen. „Das andere ist einfach mitgekommen. Ich hab mir schon öfter eure Pferde ausgeliehen. Ich passe immer gut auf. So was wie heute ist noch nie passiert.“

„Ha, ha“, machte Philipp noch einmal.

„Ausgeliehen! Ich glaub's ja nicht“, fauchte Chris und stampfte mit den Füßen auf. „Sie ist eine miese Pferdediebin. Bin gespannt, ob Thekla überhaupt ihr richtiger Name ist.“

„Das werden wir in aller Ruhe feststellen“, sagte Schmidtchen. „Jetzt bringen wir erst mal alle Pferde nach Hause und du kommst mit. Bei dem Wetter holt man sich ja den Tod. Du klingst schon reichlich heiser, Thekla."

„Ich habe auch drei Tage mit Grippe im Bett gelegen", gestand das Mädchen kleinlaut.

„Ach, deswegen war es so ruhig hier", spottete Philipp. „Tja, wenn die Diebin flachliegt, haben die Pferde nichts zu befürchten."

„Ich bin keine Diebin", wiederholte Thekla noch einmal. „Ich reite nur gern."

„Aber man darf doch nicht einfach die Pferde von anderen Leuten nehmen", schimpfte Karolin.

„Das können wir zu Hause bei einem heißen Tee diskutieren", ordnete Schmidtchen an. „Philipp, Chris und Karolin, ihr reitet die Ponys nach Hause. Den Findling nehmen wir auch erst mal mit. Er kann ja schlecht hier bleiben. Und du kommst mit mir, Frollein. Du bist heute genug geritten."

Widerstrebend ließ Thekla sich zur Kutsche führen.

Die Kinder stellten die Pferde ins Scheinwerferlicht der Kutsche und saßen auf. Karolin war froh, dass Philipp ihr beim Aufsteigen mit einer Räuberleiter half.

„Wo kommt das fremde Pony überhaupt her?",

fragte er dabei neugierig und sah Thekla an, die sich zögernd auf die nasse Kutschbank setzte.

„Keine Ahnung", meinte sie schulterzuckend. „Es kam wiehernd aus der Richtung des alten Schlachthofes angaloppiert. Das Pony hat mir richtig den Weg abgeschnitten. Ich wollte es gerade festbinden, damit es jemand abholen kann, als ihr mich … getroffen habt."

„Getroffen …" Chris verdrehte die Augen.

„Man kann ein Pferd doch nicht einfach im Wald anbinden, so ganz alleine mitten in der Nacht", regte Karolin sich auf.

„Wieso denn nicht?", fragte Thekla. Sie sah ehrlich erstaunt aus.

„Das gibt's doch nicht! Du hast keine Ahnung von Pferden, stimmt's?", mischte Chris sich ein.

„Ein Wunder, dass dir bislang nie etwas passiert ist auf deinen Ausflügen. Das war doch nicht das erste Mal, oder?", erkundigte sich Schmidtchen.

Thekla schüttelte den Kopf und sah tatsächlich etwas zerknirscht aus.

„Die weiß bestimmt noch nicht mal, was das Pony hier für 'ne Rasse ist", stichelte Chris und wies auf den Findling.

„Der kommt mir ohnehin ziemlich bekannt vor“, meinte Philipp.

„Wir schauen ihn uns im Stall bei Licht genauer an. Jetzt geht’s erst mal ab nach Hause und raus aus den nassen Klamotten“, kommandierte Schmidtchen und schnalzte, damit Neumann und Schulze sich in Bewegung setzten.

Hast du das Pferd erkannt? Um was für eine Rasse handelt es sich?

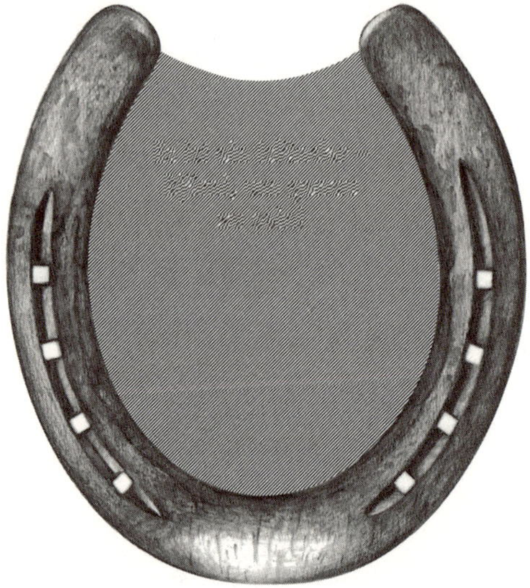

○○○●○○○○

8. Strafe muss sein

„Tut mir Leid, das mit deinem Auge“, murmelte Thekla, als sie zwanzig Minuten später alle zusammen in der Küche von Familie Mertens saßen. Sie wärmten sich auf und warteten auf die Rückkehr von Chris' Eltern und die Ankunft von Tina.

Sie hatten Chris' Klassenkameradin sofort angerufen, nachdem sie sich den Isländer noch einmal genau angeschaut hatten. Vielleicht war es wirklich Björni, wie Philipp vermutete?

Die Pferde standen im Stall und genossen eine Extra-Ration Heu und Möhren. Die Kinder und Schmidtchen tranken heißen Kakao mit Sahne.

Karolin entwickelte ein prächtiges Veilchen. Dort, wo Theklas Ellbogen sie im Gefecht getroffen hatte, schwoll das Auge in Rot- und Violetttönen an.

„Kann ja mal passieren“, gab Karolin zurück. Aber ihre Augen blitzten. Sie musterte das fremde Mädchen. Ihre Kleidung war alt und abgetragen, aber sauber. Und ihre Fingernägel waren genauso schmutzig wie die von allen anderen am Tisch.

Karolin schämte sich ein bisschen dafür, dass sie so sehr auf Äußerlichkeiten achtete.

„Hier.“ Chris stellte eine Flasche mit kleinen weißen Kügelchen auf den Tisch. „Das sind homöopathische Globuli“, verkündete sie. „Mama schwört darauf. Das hilft bestimmt gegen dein blaues Auge.“

„Kühlen hilft auch“, versuchte es Thekla.

Karolin nickte. „Danke.“

„Jetzt rufen wir erst einmal deine Eltern an“, bestimmte Schmidtchen und musterte das Mädchen streng. „Wie ist die Nummer?“

Thekla schüttelte den Kopf. „Hab keine.“

„Ihr habt kein Telefon?“, fragte Philipp verblüfft.

„Quatsch, Mann“, fauchte Thekla gekränkt. „Ich wohne drüben in Rabensee. Mit Eltern kann ich nicht dienen.“

„Im Heim!“, rief Karolin aus.

„'ne Schwererziehbare“, rutschte es Philipp heraus.

„Das hätte man sich ja beinahe denken können", unkte Chris.

„Ach ja? Und woran, bitte schön, du, du … reiche Kuh?" Thekla knetete ihre Fäuste im Schoß.

„Reich? Du hast sie ja wohl nicht alle", schimpfte Chris.

„Na, guck dich doch um. Jede Menge Pferde. Und du regst dich auf, wenn ich mir mal eins ausleihe."

„Geht das schon wieder los – Ruhe jetzt", befahl Schmidtchen. „Wenn man sich etwas ausleiht, dann fragt man gefälligst vorher, Thekla. Das dürfte in Rabensee genauso gelten wie überall sonst auf der Welt." Dann wandte er sich mit erhobenem Zeigefinger an Chris. „Und du, Christina Mertens, und ihr ebenfalls, Karolin und Philipp – hütet euer Mundwerk. Ich will keine Beleidigungen oder Anspielungen mehr hören. Solche Vorurteile passen gar nicht zu euch. Ihr versucht doch sonst immer den Dingen auf den Grund zu gehen."

Alle vier Kinder senkten die Köpfe.

„Noch Kakao?", fragte Schmidtchen und hielt die dampfende Kanne in die Höhe.

Vier Hände streckten ihm die Tassen entgegen. Und damit war das Kriegsbeil fürs Erste begraben.

Logbucheintrag von 23.37 Uhr

Hi Logbuch,

es ist unglaublich! Björni ist wieder da! Tina hat ihn vor einer Stunde mit ihren Eltern abgeholt. Sie war natürlich überglücklich. Tja, und irgendwie scheinen wir das Ganze ausgerechnet dieser Thekla aus dem Kinderheim Rabensee zu verdanken. Komisches Mädchen. Sie tut nach außen total cool, aber als Tina ihrem Björni vor Wiedersehensfreude die Mähne nass geweint hat, musste sie auch ein paar Tränen verdrücken. Mädchen! Jedenfalls schläft sie jetzt im Gästezimmer. Ich hätte ja die Tür vorsichtshalber abgeschlossen, aber Schmidtchen hat es verboten. Er hat bei der Heimleitung angerufen und meinte, das müsste reichen.
Jedenfalls schwört Thekla, dass sie nie ein Pferd geklaut hat, sondern immer nur mit unseren Ponys spazieren geritten ist. Sie scheint also mit den Diebstählen nichts zu tun zu haben. Thekla sagt, Björni sei völlig verzweifelt in der Nähe des alten Schlachthofes aufgetaucht. Drei Pferde waren

dann wirklich zu viel für sie. Eigentlich habe sie ja nur Lujah reiten wollen, aber Wildfang sei einfach mitgekommen. – Stopp!! Das bringt mich auf eine irre Idee! Was ist, wenn das auch das Problem der echten Pferdediebe gewesen ist? Vielleicht hat Björni ebenso an seinem Freund, dem Lewitzer, gehangen wie Wildfang an Lujah? Vielleicht haben ihn die Pferdediebe nur deswegen mitgenommen? Nicht um ihn zu verkaufen, sondern weil die beiden einfach unzertrennlich waren? Dann haben es die Pferdediebe wirklich „nur“ auf teure Rassepferde abgesehen – was ja auch irgendwie logischer wäre. Also kein Diebstahl auf Bestellung ...

Jetzt muss ich aber auch ins Bett.

Müde Grüße,

Philipp

Am nächsten Morgen herrschte enormer Trubel auf Gut Hohenhain. Die Pferdebande hatte sich gerade die Zähne geputzt, da standen schon gleichzeitig die Polizei, eine Erzieherin von Rabensee und Tina mit ihren Eltern auf der Türschwelle.

Wieder und wieder mussten die drei zusammen mit Thekla ihre Geschichte erzählen.

Schmidtchen servierte Kaffee und selbst gebackene Berliner und alle redeten wild durcheinander. Zwischendurch gelang es Philipp irgendwie, den Mädchen heimlich seine Theorie von Björnis „Diebstahl aus Versehen“ zu unterbreiten.

„Ja, ja, Kleben kann gefährlich sein“, murmelte Chris und wandte den Blick dabei nicht von Thekla, die sich gerade den vierten Berliner in den Mund stopfte.

„Du hörst ihm gar nicht richtig zu“, ergriff Karolin Partei für ihren Bruder.

„Tu ich wohl“, zischte Chris. „Die Theorie ist gut. So kann es gewesen sein.“

Tina und ihre Eltern waren über Björnis Rückkehr immer noch ganz aus dem Häuschen.

„Was möchtest du, Thekla? Können wir dir einen Wunsch erfüllen?“, fragte Tinas Mutter überschwänglich.

„Noch mehr Berliner“, knurrte Chris. Aber zum Glück hörte sie niemand – außer Thekla. Die Mädchen tauschten giftige Blicke.

Frau Lindenhorst, die Leiterin von Rabensee, unterbrach Tinas Mutter. „Moment. Wir haben in der Lehrerkonferenz noch nicht darüber entschieden, welche Strafe Thekla erhalten soll. Immerhin hat sie sich mehrfach unerlaubt von unserem Gelände entfernt.“

„Und sie hat unsere Pferde entführt, wenn auch nur kurzzeitig“, ergänzte Birte Mertens streng.

„Heißt das, Sie wollen jetzt doch Anzeige erstatten?“, fragte der Kommissar mit hochgezogenen Augenbrauen.

Thekla sank in sich zusammen.

Doch Frau Mertens winkte ab.

„Na, dann ziehen wir uns mal unauffällig zurück“,

meinte der Polizist, klappte seinen Notizblock zu und nickte in Richtung seines Kollegen.

Der griff sich im Aufstehen noch schnell einen Berliner. „Tja, dann bis bald. Und ruft an, wenn es etwas Neues gibt“, verabschiedete er sich kauend.

„Machen wir“, versprach Philipp.

„Noch mal zurück zu Thekla“, forderte Tina, nachdem die beiden Beamten den Raum verlassen hatten. „Björni ist wieder da, und das haben wir Thekla zu verdanken. Ihr könnt sie doch nicht dafür bestrafen.“

„Das eine hat mit dem anderen nichts zu tun“, widersprach die Erzieherin.

„Wir wissen außerdem immer noch nicht, wo Björni so plötzlich herkam“, bemerkte Philipp und sah Thekla an.

Die schwieg.

„Wir möchten dir als Zeichen unserer Aufmerksamkeit jedenfalls gern einen Gutschein über zehn Reitstunden schenken, Thekla“, meldete sich Tinas Vater zu Wort. „Und zwar hier auf dem Hof, wenn es recht ist, Frau Mertens.“

Chris’ Mutter nickte.

„Und für euch haben wir natürlich auch eine kleine Belohnung", fuhr Tinas Vater fort. „Mit Reitstunden brauchen wir euch ja nicht zu kommen, oder?" Er zwinkerte den dreien zu. Karolin wurde rot.

„Aber wir haben gehört, dass ihr gern ins Kino geht. Hier sind Gutscheine für euch."

Überrascht nahm Chris einen Briefumschlag entgegen. „Danke", murmelte sie.

„Ich fürchte, aus den Reitstunden wird nichts werden, bevor Thekla nicht ihre Strafe bekommen hat", brachte Frau Lindenhorst das Gespräch zurück auf den Ausgangspunkt.

Thekla ballte die Fäuste und wollte aufspringen. Aber Chris hielt sie zurück. Unwillig setzte sich das Mädchen wieder auf die Küchenbank.

„Und an was haben Sie da gedacht?", fragte Schmidtchen ruhig.

Frau Lindenhorst sah ihn erstaunt an. „Nun, ich denke, uns wird etwas Angemessenes einfallen. Vermutlich wird es auf eine Ausgangssperre und Kürzung des Taschengelds hinauslaufen."

Thekla hielt die Arme verschränkt und starrte vor sich hin.

„Vielleicht haben wir da einen besseren Vorschlag", schaltete sich Birte Mertens ein. „Lassen Sie doch das Mädchen hier auf dem Gut ihre Strafe abarbeiten. Es scheint ja so, dass Thekla ganz verrückt nach Pferden ist. Dann kann sie gleich die ganze Arbeit rund um die Tiere besser kennen lernen. Ausmisten, Fegen, Pferde putzen … Sie wird abends ganz schön müde sein."

Die Kinder starrten Chris' Mutter sprachlos an. Dann wanderte ihr Blick zu Frau Lindenhorst, die sich räusperte. „Nun, ich möchte nichts allein entscheiden. Aber ich könnte mir schon vorstellen, dass das ein guter Weg ist. Ich hoffe nur, Sie schätzen die Situation richtig ein. Thekla ist nicht einfach."

„Wir haben uns ja schon ein bisschen kennen gelernt", schmunzelte Schmidtchen. „Kinder, wollt ihr Thekla nicht mal zeigen, wo unsere Mistgabeln sind und wie man sie benützt? Ich glaube, wir müssen uns hier noch ein wenig unterhalten."

Thekla sprang sofort auf und stürzte nach draußen. Sie war anscheinend heilfroh, die Küche verlassen zu können. Tina und ihre Eltern nutzten die Gelegenheit und verabschiedeten sich ebenfalls.

Auf dem Hof wühlte Thekla in ihren Taschen und steckte sich zum Erstaunen der Pferdebande eine Zigarette an.

„Hier ist Rauchverbot", knirschte Chris, nahm ihr den Glimmstengel ab und zertrat ihn auf dem Boden. „Das kannst du dir gleich abschminken, wenn du hier anfangen willst."

„Wer sagt denn, dass ich das will?", gab Thekla zurück. „Ich wollt's mir eh abgewöhnen. Das schockt nicht."

Chris verdrehte die Augen. „Kannst du auch mal irgendwas Interessantes von dir geben?", fragte sie.

„Björni kam von Richtung Schlachthof. Das habe ich schon gesagt", gab Thekla plötzlich klein bei und senkte den Kopf. „Ich habe da schon ein paar Mal zwei Typen rumlungern sehen. Die waren übrigens gestern Abend auch kurz hier. Und vor einer Woche auch schon mal. Der eine ist klein und dick mit grauem Zopf, der andere lang und hager mit brauner Stoppelfrisur. Die haben mich auf Lujah wegreiten sehen und freundlich gegrüßt. Viel zu freundlich, wenn ihr mich fragt."

„Hier waren Männer?", fragte Karolin alarmiert.

„Und wenn schon", meinte Chris schulterzuckend. „Hier sind doch ständig Leute."

„Ich hab zuerst auch gedacht, die würden zum Hof gehören", wandte Thekla ein. „Aber jetzt, wo ich von den Pferdediebstählen weiß, macht es mich doch stutzig."

„Und wie", stimmte Karolin zu.

„Sie hat Recht", meinte Philipp nachdenklich. „Ich glaub, mein Hufeisen hängt schief."

Chris nickte und sah Thekla anerkennend an. Die streckte ihr die Zunge raus und grinste.

Karolin kicherte erleichtert. Wenn das nicht der Beginn einer wunderbaren Freundschaft war!

Warum hätten die beiden Männer, denen Thekla begegnet ist, keinesfalls zum Hof gehören können?

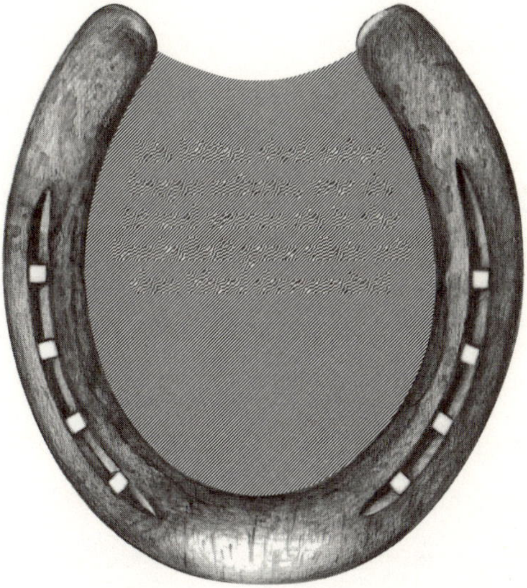

○○○○●○○○

9. Der falsche Reiterhof

Logbucheintrag vom 6. März, 12.30 Uhr

Thekla ist vielleicht doch gar nicht so übel. Zumindest kann sie ganz gut kombinieren.
Wir gehen jetzt erst mal eine Runde reiten. Thekla hat dazu sogar die Erlaubnis von ihrer komischen Erzieherin bekommen. Es muss ja keiner wissen, dass wir uns diesen stillgelegten Schlachthof mal genauer ansehen wollen. Solange die Leute vom Heim nichts entschieden haben, soll Thekla erst mal auf Hohenhain bleiben. Prost Mahlzeit. Aber wir werden sie schon zurechtbiegen. Sie hat zwar keine Ahnung von Pferden, aber sie liebt Tiere über alles. Das ist schon mal ein Anfang.
Bis später, Chris

„Also, ich finde, das ist ein ganz schön gruseliger Ort“, flüsterte Karolin und schauderte. Sie waren zu viert zum ehemaligen Schlachthof geritten und sahen nun von einer leichten Anhöhe auf den ummauerten Gebäudekomplex hinunter. Die unbelaubten Bäume an der teils verfallenen Mauer zeigten erste zarte Knospen an den nackten, grauen Zweigen. Selbst bei Tag wirkte der ehemalige Schlachthof düster und abweisend.

„Ist ja auch kein Wunder, wenn man überlegt, wie viele Tiere hier schon getötet worden sind für Brat-

würstchen und Schnitzel", brummte Thekla. „Ich esse kein Fleisch. Das ist eklig."

Philipp zog erstaunt eine Augenbraue hoch. So viel Nachdenken hätte er Thekla gar nicht zugetraut.

„Wir kaufen unser Fleisch, die Eier und die Milch immer beim Biohändler", erzählte Karolin. „Mama sagt, da waren die Tiere wenigstens glücklich und man hat auch das Schlachten möglichst kurz und schmerzlos gemacht."

Thekla zuckte mit den Schultern. „Mord ist Mord", meinte sie knapp.

„Lasst uns nicht streiten", bat Chris und stand im Sattel auf, um besser sehen zu können. „Gibt es einen Weg, wie wir da reinkommen können?"

Thekla überlegte kurz. „Bestimmt nicht mit den Pferden. Das ist zu auffällig."

Alle sahen automatisch Karolin an. „Oh nein", beschwerte die sich lautstark. „Nicht schon wieder ich. Diesmal kann jemand anders die Pferde halten."

„Ich mach das", bot sich überraschend Thekla an. „Ich hab wohl noch was gutzumachen."

„Kannst du das denn?", fragte Chris skeptisch.

„Na, wenn sie mir davonlaufen, werde ich einfach laut brüllen, okay?"

„Ich mein ja nur", antwortete Chris kleinlaut.

„Los, kommt jetzt", drängte Karolin. Sie fürchtete, dass Thekla es sich vielleicht doch noch anders überlegen würde und sie wieder bei den Pferden bleiben musste.

Die Pferdebande lief den Hügel hinunter und umrundete das hohe Mauerwerk des alten Schlachthofes. Der Haupteingang, ein stabiles Holztor, war durch ein neues Schloss gesichert. Was sich dahinter befand, blieb ihren Blicken verborgen. Aber auf dem Boden waren deutlich Reifenspuren und Hufabdrücke zu erkennen!

Karolins Herz schlug bis zum Hals. „Guckt mal! Thekla hat Recht!"

„Oder auch nicht", erwiderte Philipp und wies auf ein Pappschild, das am rechten Torpfosten prangte. „Seht euch das an", murmelte er enttäuscht. „Pech gehabt."

Karolin und Chris lasen die Aufschrift.

„Hier entsteht in Kürze eine neue Reitschule."

„Wie gut, dass wir der Polizei nichts von unserem Verdacht gesagt haben. Die würden uns jetzt für ganz schön blöd erklären", meinte Karolin.

„Nicht unbedingt", erwiderte Chris. „Stellt euch

vor, die Sache mit der Reitschule wäre nur Tarnung. Das wäre doch sehr geschickt von den Dieben, oder? So hat man eine gute Erklärung dafür, warum sich hier Pferde befinden. Vielleicht ist hier so eine Art Zwischenlager für die gestohlenen Pferde. Überlegt doch mal – wenn ich wirklich eine neue Reitschule eröffnen würde, dann würde ich doch überall kräftig Werbung machen."

„Auf jeden Fall Zeitungsreklame", stimmte Karolin zu.

„Aber hat jemand von euch schon was von einer neuen Reitschule gehört?", fragte Chris. „Ich nicht. Und Mama oder Papa oder Schmidtchen todsicher auch nicht. Die hätten das längst erzählt."

Philipp nickte. „Und ich würde hier ein anständiges Schild aufhängen, nicht so einen Pappdeckel, der keine vier Wochen hält", ergänzte er.

„Aber es kann doch auch sein, dass die einfach noch nicht so weit sind. Man will ja auch etwas vorzeigen können, wenn man Werbung macht, oder?", wandte Karolin ein.

„Ich höre aber auch keinen Baulärm. Du etwa?", spöttelte Philipp.

„Am besten, wir schauen mal nach, was wirklich

hinter diesen Mauern steckt." Chris sprang hoch und zog sich mit Händen und Füßen an der Mauer hinauf. Karolin und Philipp schoben kräftig von unten, aber Chris gelang es nicht, den oberen Sims zu erreichen.

„Nee, lasst mal", ächzte sie. „Das bringt nichts." Sie hangelte das Stück zurück und glitt zu Boden.

„Da hinten geht es bestimmt besser", schlug Philipp vor. „Kommt mit, um die Ecke. Dort fehlt ein Stück in der Mauer. Das hab ich von oben gesehen."

Die drei schlichen an der Mauer entlang und entdeckten nach ein paar Metern die Stelle, die Philipp von der kleinen Anhöhe aus gesehen hatte. Hier fehlten tatsächlich ein paar Steine im Mauerwerk.

„Das ist eine perfekte Trittleiter", verkündete Chris und begann sofort mit dem Aufstieg.

„Was ist, wenn da jemand auf der anderen Seite steht?", fragte Karolin bang.

„Nein, das sah alles total verlassen aus", flüsterte Chris über die Schulter zurück. „Hier, kannst du meine Kamera einen Moment halten?"

Karolin ergriff die neue Digitalkamera von Chris und reichte sie ihr nach oben, als die Freundin auf dem Mauersims saß.

Philipp kletterte eilig hinter ihr her.

„Und ich?“, flüsterte Karolin.

„Du bleibst hier und stehst Schmiere“, bestimmte ihr Bruder, bevor er aus ihrem Blickfeld entschwand. Karolin hörte es zweimal plumpsen, die beiden waren also unten angekommen.

„Sehr witzig“, murmelte sie und hockte sich auf einen Stein. Nach ein paar Minuten suchte sie mit den Augen die Anhöhe nach Thekla und den Pferden ab. Denen war bestimmt auch langweilig.

Thekla winkte und Karolin gab ihr das OK-Zeichen als Antwort und winkte zurück.

Doch Thekla winkte immer heftiger und hüpfte auf und ab. Sie fuchtelte mit den Armen und zeigte in Richtung der Straße. Dann duckte sie sich plötzlich und verschwand mitsamt Lujahs vorwitzig herausgestrecktem Pferdekopf im Schutz von ein paar Büschen.

Verwundert ging Karolin die paar Schritte zur Ecke zurück und lugte in Richtung Haupttor. Sie erschrak. Dort standen zwei Männer und machten sich am Schloss zu schaffen. Sie hatten sie gar nicht kommen hören.

Karolin sah noch einmal genauer hin. Die Typen

kamen ihr irgendwie bekannt vor. Plötzlich fiel es ihr ein: Sie sahen genauso aus wie die zwei Verdächtigen, die Thekla ihnen beschrieben hatte!

Was sollte sie jetzt tun? Rufen, um Chris und Philipp zu warnen? Dann würden die Männer erst recht aufmerksam werden.

Karolin überlegte ein paar Sekunden, atmete tief durch und nahm all ihren Mut zusammen. Dann lief sie geradewegs auf die Männer zu. „Hallo! Sie beide! Warten Sie bitte kurz. Ich habe hier schon eine Weile gewartet, weil ich gehört habe, dass Sie hier eine

Reitschule aufmachen wollen. Wann denn? Sind schon Pferde da? Darf ich mal gucken?“

„Du brauchst nicht so zu schreien, wir sind ja nicht taub“, antwortete der eine der beiden Männer freundlich und schob sich sein Baseballkäppi in den Nacken. Karolin sah darunter braune Stoppelhaare hervorblitzen. Der Kleine mit dem grauen Pferdeschwanz guckte grimmiger. Aber als Karolin ihn anstrahlte, ließ auch er sich zu einem aufgesetzten Lächeln herab. „Wir sind noch nicht so weit. Wir müssen erst alles renovieren. Komm ein andermal wieder“, versuchte er Karolin abzuwimmeln und wollte mit seinem Kumpel durch das Tor verschwinden. Doch Karolin drängelte sich mit den beiden zusammen durch die Tür in den Innenhof.

„Aber Sie können mir doch sicher schon sagen, wann Sie eröffnen und was die Reitstunden kosten und wie viele Schulpferde Sie haben, oder? Kann ich die mal streicheln?“, flötete sie unschuldig. „Oder haben Sie noch gar keine Pferde da?“

Mit Adlerblick hatte sie den Hof unter die Lupe genommen und eine frisch benutzte Mistkuhle und ein paar Rundballen Heu und Stroh entdeckt. Irgendwo hier mussten also Pferde sein. Von Philipp und Chris dagegen keine Spur. Doch dann sah sie hinter dem Rücken der beiden Männer zwei Schatten in Richtung der Rundballen huschen. Sie wollten anscheinend das gepresste Stroh als Kletterhilfe benutzen! Karolins Herz klopfte bis zum Hals. Sie hatte das Gefühl, kochend heiße Ohren und gummiweiche Knie zu bekommen. Wenn die Männer sich jetzt umdrehten, waren Chris und Philipp verloren!

„Du darfst sowieso nicht einfach so Reitunterricht nehmen. Bring nächstes Mal deine Eltern mit, ja?", versuchte der Stoppelhaarige sie abzuwimmeln und schob sie langsam zurück zum Tor.

„Wann denn – morgen?", löcherte Karolin im Rückwärtsgang weiter und sah abwechselnd die beiden Männer an.

„Frühestens in zwei Wochen", knurrte der andere.

„Ist dann Eröffnung?", bohrte Karolin nach. „Darf ich mir die Pferde trotzdem mal ansehen?" Sie stand mit dem Rücken am Tor.

„Es sind noch keine Schulpferde da, das sind unsere eigenen und die sind sehr scheu. Jetzt musst du gehen", ordnete der Grauhaarige an und schob sie zur Tür hinaus. Scheppernd fiel das schwere Tor hinter ihr ins Schloss. Karolin hörte, wie ein Riegel vorgeschoben wurde. Mit weichen Knien ließ sie sich auf den Boden sinken.

„Idiot“, hörte sie auf der anderen Seite einen der Männer schimpfen. „In zwei Wochen eröffnen wir! Was soll der Blödsinn? Wieso erzählst du so einen Quatsch? Wenn die Kleine das weitererzählt, haben wir morgen hier einen ganzen Hühnerstall voller Gören vor der Tür.“

„Na und? Was Besseres kann uns doch gar nicht passieren“, hörte sie den anderen antworten. „Ist doch bisher auch immer glatt gegangen.“ Ihre Schritte entfernten sich. Die Stimmen wurden leiser.

Ein bisschen wackelig erhob Karolin sich und kletterte die Anhöhe zu den Pferden hinauf.

Oben wurde sie von einer aufgeregten Thekla und ihren atemlos schnaufenden Freunden begrüßt.

„Das war knapp“, stellte Thekla fest.

„Und wie“, stimmte Karolin zu und setzte sich. Ihre Knie zitterten immer noch und wollten gar nicht mehr aufhören. „Das nächste Mal pass ich wieder auf die Pferde auf, okay?“

Chris grinste und klopfte ihrer Freundin auf die Schulter. „Aber es hat sich gelohnt“, meinte sie.

„Stellt euch vor, in so einer Baracke, die wohl mal ein Kuhstall war, stehen elf Pferde!“

„Wenn mich nicht alles täuscht, könnte eines davon die tragende Trakehnerstute gewesen sein“, ergänzte Philipp.

„Und eins ist todsicher der geklaute Lewitzer, der Weidekumpel von Björni. Wir haben ihn ganz deutlich sehen können. Ich war zum Greifen nah an ihm dran, ich hätte nur meine Hand ausstrecken brauchen“, sprudelte Chris weiter. „Aber dank digitaler Technik haben wir ihn immerhin im Bild festhalten können! Hier, mit meiner neuen Kamera! Jetzt haben wir die Kerle. Los, lasst uns nach Hause reiten und die Polizei holen.“

„Aber was macht euch so sicher, dass es wirklich dasselbe Pferd ist?", fragte Thekla. „Lewitzer gibt es viele. Diese Rasse ist doch jetzt modern, oder nicht?"

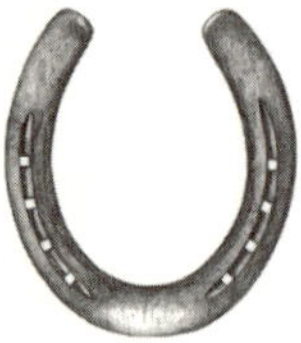

Ja, warum ist Chris so sicher, dass dort im Stall tatsächlich die geklauten Pferde stehen?

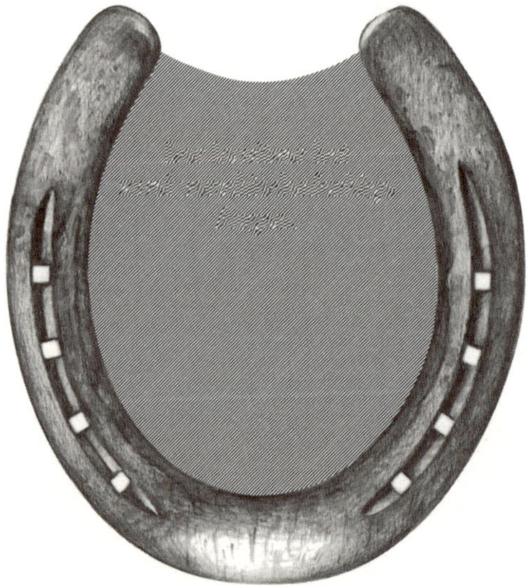

○○○●○○

10. Ein genialer Plan

Logbucheintrag von 16.13 Uhr

Hallo, liebes Logbuch!

Jetzt gilt es schnell zu handeln. Die verdächtigen Männer sind garantiert unsere Pferdediebe. Wir haben den gestohlenen Lewitzer erkannt und Karolin hat ein viel sagendes Gespräch belauscht! Jetzt müssen wir eigentlich nur noch mit der Polizei hinfahren und die Bande hochnehmen. Chris druckt ihre Fotos aus und Karolin versucht die Polizei und Tina zu erreichen, damit sie den Besitzern des Lewitzers Bescheid sagt.
Thekla will einen Aufschub bei ihrer Heimleiterin heraushandeln, denn eigentlich müsste sie jetzt

nach Rabensee zurück. Aber wir brauchen sie hier.
Das hat sogar Chris zugegeben ...
Eilige Grüße, Philipp

Bereits eine Viertelstunde später wimmelte der Hof vor Leuten und Fahrzeugen. Tina war mit Frau Muschek, der Besitzerin des Lewitzerwallachs, gekommen, einer großen blonden Frau in einer bunt karierten Hose. „Ihr wisst, wo Bowie ist?", rief sie den Kindern schon von weitem entgegen.

„Ja, wir können gleich losfahren", rief Chris und winkte mit den ausgedruckten Fotos. „Sehen Sie mal, Herr Kommissar."

„Kommissar-Anwärter", korrigierte sie der junge Polizist. „Nur die Ruhe, eins nach dem anderen", wehrte er ab. „Jetzt wollen wir erst einmal eure Geschichte hören."

Die Pferdebande kannte weder ihn noch seine Kollegin. Offensichtlich waren sie die Vertretung von Kommissar Evers.

Die Erwachsenen umringten die Kinder, die abwechselnd zu erzählen begannen.

Schließlich sagte der Polizeibeamte zu Chris: „Euch ist hoffentlich klar, dass ihr Hausfriedensbruch begangen habt. Darüber müssen wir uns später noch mal unterhalten. Es ist außerdem sehr gefährlich, wenn man in eurem Alter auf Verbrecherjagd geht." Er sah die drei nacheinander streng an.

Philipp verdrehte die Augen. Als ob es jetzt nichts Wichtigeres gäbe als eine Strafpredigt!

Doch Chris sah den Beamten keck an und sagte: „Karolin hatte meine Kamera auf die Mauer geworfen, die musste ich mir doch wiederholen. Und dann bin ich abgerutscht und runtergefallen. Philipp ist mir nachgeklettert, um mir zu helfen. Und dabei haben wir ein knappes Dutzend Pferde entdeckt, die wahrscheinlich gestohlen wurden. Wollen Sie sich die nun ansehen oder nicht?"

„Ja, was ist nun?", hakte Frau Muschek ein. „Das auf dem Foto ist eindeutig Bowie, ich kenne doch mein Pferd."

Karolin war zwischen Staunen, Wut und Bewunderung für ihre Freundin hin und her gerissen. Chris hatte im weitesten Sinn nicht einmal gelogen.

Der Polizist kratzte sich am Kopf und sah nachdenklich seine Kollegin an. Die zuckte mit den Schultern. „Wir werden einen Haussuchungsbefehl brauchen", meinte sie.

„Jetzt lassen Sie uns doch bitte mein Pferd befreien, bevor die Diebe damit über die Grenze oder sonst wohin fliehen“, drängte Bowies Besitzerin.

„Tja, hinfahren können wir ja mal“, bot der Polizist an.

„Der hat ja wirklich den Ehrgeiz mit Löffeln gefressen“, grummelte Chris in Philipps Ohr, als sie sich im Polizeiwagen auf die Rückbank quetschten.

Der Beamte informierte unterdessen umständlich die Leitstelle. „ … nein, wir haben keinen Durchsuchungsbefehl“, sprach er gerade in sein Mikrofon.

„Nun fahren Sie doch schon“, drängelte Karolin.

Doch der Beamte ließ sich Zeit. „… Zielort alter Schlachthof, werden das Gelände nicht betreten.“

Gerade, als er endlich den Motor anließ, sprang Chris wieder aus dem Wagen. „Das wird nix. Ich habe einen Plan“, flüsterte sie den beiden anderen zu und rannte zu Tina hinüber, die mit Thekla in Frau Muscheks Wagen saß.

Erstaunt beobachteten die Geschwister, wie Chris wild gestikulierend auf Frau Muschek und Tina einredete. Dann stieg sie ein, zeigte Philipp und Karolin den siegessicher nach oben gestreckten Daumen und fuhr in dem Wagen davon.

„Wo wollen die denn hin?", fragte der Polizist erstaunt.

„Keine Ahnung", antwortete Karolin matt und ließ sich gegen die Rückenlehne plumpsen. „Fahren Sie doch einfach hinterher."

Aber Frau Muschek bog an der Abzweigung nicht zum Schlachthof ab, sondern in die andere Richtung.

„Und jetzt?", fragte der Polizist.

„Zum Schlachthof, wohin denn sonst!", rief Philipp.

Erstaunlicherweise tat der Beamte, wie ihm geheißen. Und nachdem er sein Fahrzeug nach allen Regeln der Kunst endlich eingeparkt hatte, stiegen die beiden Polizisten aus und klingelten höflich an der Pforte.

„Weißt du, wo Chris hin ist?", fragte Karolin ihren Bruder leise durch das Autofenster. Sie war im Polizeiwagen geblieben und duckte sich tief hinter die Sitze, denn wenn die Verbrecher sie sahen, würden sie wohl gleich den Braten riechen.

Philipp wiegte leicht den Kopf. „Ich habe so eine Ahnung. Liegt nicht der Stall von Björni und dem Lewitzer in der Richtung, in die sie abgebogen sind?"

Karolin wollte etwas erwidern, aber in diesem Moment wurde die Pforte geöffnet. Neugierig ging Philipp näher.

Karolin versuchte etwas von dem Gespräch mitzuhören, aber das meiste ging schon aus den Gesten hervor. Die Männer waren offensichtlich nicht bereit, die Polizeibeamten auf das Gelände zu lassen. Sie waren ein paar Mal nahe dran, ihnen das Tor vor der Nase zuzuschlagen. Schließlich hörte Karolin die Polizistin sagen: „Ja, dann entschuldigen Sie die Störung."

Karolin stöhnte auf. Das war das Ende. So würden sie die Tiere nie rechtzeitig befreien können.

Doch sie hatte nicht mit Philipps Geistesgegenwart gerechnet. Mit einem Satz sprang er an den Männern vorbei durch den sich schließenden Türspalt.

Ein Rufen und Schimpfen setzte ein. Sowohl die Polizisten als auch die beiden Männer nahmen Philipps Verfolgung auf. Karolin war einen Moment unschlüssig, was sie tun sollte. Da hörte sie Hufgetrappel hinter sich. Es waren Björni und Tina!

Frau Muschek, Thekla und Chris kamen im nächsten Augenblick mit dem Auto um die Ecke gebogen.

Björni wieherte aus Leibeskräften und war kaum noch zu halten. Aus dem Inneren des Schlachthofes hörte man einen verzweifelten Antwortruf. Dann kamen der Lewitzer und die anderen Pferde auch schon aus dem Stall galoppiert. Philipp hatte sie befreit.

„Bowie!", rief Frau Muschek und zwängte sich ebenfalls durch die Tür auf das Schlachthofgelände. Als der Kerl mit den Stoppelhaaren sie aufhalten wollte, trat sie ihm vors Schienbein. Der Mann heulte schmerzvoll auf und musste sie loslassen.

„Das sind ja unsere Nachbarn!", rief Tina erstaunt und zeigte mit dem Finger auf die Ganoven.

Die Polizeibeamtin rannte zurück zum Einsatzfahrzeug und alarmierte per Funk ihre Kollegen.

Jetzt wurde dem Grauhaarigen die Situation wohl zu heiß. Er ergriff die Flucht. Zu Fuß rannte er genau auf die Beifahrerseite des Polizeiwagens zu, in dem Karolin kauerte. Karolin schloss die Augen, zählte bis zehn und trat mit beiden Füßen die Tür auf. Zwar verfehlte sie den flüchtenden Mann, aber vor Schreck und Überraschung verlor dieser das Gleichgewicht und stolperte. Die Polizistin stürmte zu ihm hin und legte ihm Handschellen an. Ihr Kollege führte unterdessen den großen Kerl ab.

Karolin schluckte. Sie hatte Tinas Ausruf gehört und blitzartig war ihr wieder das scheinbar nebensächliche Ereignis bei Tinas Wohnung eingefallen, ganz am Anfang ihrer Ermittlungen. Das Gefühl, dass sie aus einem Fenster beobachtet wurden …

Karolin schwor sich, nie wieder einen verdächtigen Vorfall einfach auf sich beruhen zu lassen.

Tina lief zum Auto und nahm Karolin in den Arm. „Wir haben sie erwischt!“, triumphierte das Mädchen. „Ich fand unsere Nachbarn zwar schon immer komisch, aber dass sie etwas mit den Diebstählen zu tun haben … das ist der Hammer! Ich bin gespannt, was sie der Polizei erzählen werden!“

Karolin lächelte schwach.

Frau Muschek umarmte überglücklich ihren Bowie, der sich eng an Björni drängte und ihm das Fell kraulte.

Logbucheintrag von 18.43 Uhr

Der Fall ist geklärt, liebes Logbuch!
Wenn Chris nicht gewesen wäre, hätten diese dusseligen Polizisten die Bande bestimmt noch entkommen lassen. Zum Glück hat Chris schnell geschaltet und mit Björni und Bowie sozusagen den lebenden Beweis erbracht, dass es sich auf dem Schlachthof tatsächlich um die gestohlenen Pferde handelt.
Kleben ist eben manchmal doch sehr nützlich!
Der junge Polizist hat sich aber immerhin noch bei

uns entschuldigt, weil das doch sein erster Arbeitstag im neuen Revier war und er aus dem Innendienst kommt. „Tja", hat Chris ihm geantwortet, „manchmal muss man eben schnell handeln." Da hat er geschluckt.

Jedenfalls ist die Bande jetzt dingfest gemacht. Außer den zwei Typen (Tinas Nachbarn!!!), die die Pferde hier in der Umgebung gestohlen haben, sind wohl noch zwei weitere beteiligt, die als Händler die wertvollen Pferde weiterverkaufen sollten – auch ins Ausland.

In anderen Teilen Deutschlands haben sie es vorher nach dem gleichen Muster gemacht, das hat sich anscheinend richtig gelohnt, denn in der Nachbarwohnung von Tinas Eltern hat man eine Menge Geld gefunden. Es ist wirklich ein Hammer, wenn man überlegt, dass diese dreisten Kerle sich als Zwischenmieter dort eingenistet hatten – bei einem ihrer Opfer, sozusagen. Wir waren damals schon so nah dran, hätte ich nur besser aufgepasst. Aber was soll's: Jetzt sind alle elf Pferde bereits wieder bei ihren Besitzern und die Polizei ist zuversichtlich, dass sie jetzt auch ein paar frühere Diebstähle aufklären kann.

Thekla hat von Frau Muschek sogar noch eine dicke Belohnung bekommen, weil durch sie ja die ganze Sache erst ins Rollen gekommen ist. Sie darf jetzt eine ganze Woche Reiterferien bei uns auf Hohenhain machen. Sie freut sich schon total! Und als „pädagogisch sinnvolle Maßnahme“ soll Thekla für ihr Verschwinden aus dem Heim noch ein paar Arbeitsstunden auf dem Hof ableisten – was sie natürlich sehr schlimm findet ;-))
Jetzt muss sie zumindest nicht mehr heimlich reiten. Obwohl das ja – rückwirkend betrachtet – zur Lösung des Falls geführt hat. Vielleicht sollten wir sie zum Ehrenmitglied der Pferdebande ernennen ...
Und natürlich dürfen wir Björni nicht vergessen! Wenn er nicht so furchtbar an Bowie hängen würde, hätten die Verbrecher ihn nicht mitnehmen müssen. Anschließend wollten sie ihn loswerden und haben ihn einfach ausgesetzt. Björni ist dann nachts frei im Wald umhergelaufen und auf Thekla und die Pferde gestoßen. Wäre das nicht passiert ... man darf gar nicht drüber nachdenken.
Und darum gehen wir jetzt erst mal alle ins Kino.
Bis bald und viele Grüße,
Deine Karolin

Bibliografische Information Der Deutschen Bibliothek
Die Deutsche Bibliothek verzeichnet diese Publikation in der Deutschen Nationalbibliografie; detaillierte bibliografische Daten sind im Internet über http://dnb.ddb.de abrufbar.

Bisher sind in dieser Reihe erschienen:
Die Pferdebande und das Verbrechen auf der Rennbahn
Die Perdebande und das Rätsel um Amarillo
Die Pferdebande und das geheimnisvolle Pony
Die Pferdebande und die Entführung auf Gut Hohenhain
Die Pferdebande und die Jagd auf die Satteldiebe
Die Pferdebande und der Betrug auf Schloss Rosenberg
Die Pferdebande und das Geheimnis um Zirkus Lombardi
Die Pferdebande und das Versteck im Wald
Die Pferdebande und die Verschwörung auf dem Reitturnier
Die Pferdebande und der rätselhafte Reiter

Vertrieb durch Egmont vgs verlagsgesellschaft mbH, Köln
Titelbild und Illustrationen: Peter Klaucke
Druck/Bindung: Westermann Druck Zwickau GmbH, Zwickau
ISBN 3-505-12124-X

05 06 / 8 7 6 5 4 3 2 1

Gewinnspiel „Pferderassen"

Liebe Pferdefreundin,
lieber Pferdefreund,

zu jedem Kapitelanfang findest du Pferde unterschiedlicher Rassen (z. B. Araber, Isländer, Tinker) abgebildet.
Finde heraus, um welche Rasse es sich jeweils handelt und notiere sie! Der Buchstabe, der dann über dem fett hervorgehobenen Punkt steht, ist Teil des Lösungswortes.
Jetzt musst du nur noch die jeweiligen Buchstaben in der Kapitelreihenfolge von 1–10 hintereinander setzen, und schon hast du das **Lösungswort**!

F R I E S E
○○○●○○

Kleiner Tipp: Wenn du die eine oder andere Rasse noch nicht kennst, kannst du auf Seite 125 nachschauen – dort sind alle Rassen und ihre Bezeichnungen noch einmal abgebildet!

Schreibe das Lösungswort auf eine **Postkarte** und schicke sie mit dem **Kennwort** „Die Pferdebande und der fremde Reiter" an:

Egmont Franz Schneider Verlag
Schleißheimer Str. 267
80809 München

Absender nicht vergessen!

Du kannst ein weiteres Buch aus der spannenden „Pferdebande"-Reihe gewinnen!

Benachrichtigt werden nur die Gewinner. Der Rechtsweg ist ausgeschlossen.
Die Beteiligung ist nicht an den Kauf eines SchneiderBuchs gebunden.

Araber

Quarterhorse

Friese

Andalusier

Tinker

Appaloosa

Isländer

Haflinger

Norweger

Lewitzer

Pferdefachwissen:

Equidenpass
Alle Pferde in der EU müssen einen Pferdepass haben. Darin werden Name, Größe, Abstammung und das genaue Aussehen des Tieres (inklusive aller Abzeichen und Wirbel) festgehalten. Der Pass muss bei jedem Transport des Pferdes dabei sein.

Kleben
Pferde sind Herdentiere und fühlen sich unter Artgenossen am wohlsten. Manche Pferde schließen so enge Freundschaften, dass sie ohne den Kumpel gar nicht mehr den Stall oder die Weide verlassen wollen. Bei Pferden, die in größeren Herden gehalten werden, kommt dies nicht so häufig vor.

Kardätsche
Pferdebürste mit weichen Borsten, mit der man nach dem Striegeln den Staub aus dem Fell putzt.

Kolik
Pferde haben ein empfindliches Magen- und Darmsystem und vertragen keine plötzlichen Futterwechsel, Stress oder hastiges Fressen. Durch solche Ursachen werden lebensbedrohliche Krampfanfälle ausgelöst, die dem Pferd große Schmerzen bereiten. Erste Anzeichen für eine Kolik sind leichtes Schwit-